HAIDEE ZINDLER
CHAIDO
DAS DRACHENMÄDCHEN

CHAIDO, DAS DRACHENMÄDCHEN

1. Auflage 2014

Covergestaltung: Jaqueline Hertel
© CQUELINE Design
Dessau - Roßlau

Druck: PRESSEL Druck
Remshalden

Lektorat:L I T T E R A
Dr. Gotlind Blechschmidt, Augsburg
gblech@augustakom.net

Haideé Zindler
E-Mail: ayonswelt@freenet.de
Internet: www.ayons-welt.de

ISBN 978-3-00-044970-3

Eisig kalter Wind flog der alten Janna ins Gesicht. Etwas missmutig machte sie sich auf den Weg hinunter zum Dorf. Ausgerechnet heute musste ihr das Zeichen begegnen, dachte sie. Aber einst, vor vielen Jahren, hatte sie ein Versprechen abgegeben, genau an diesem Tag ins Dorf zu gehen, wenn ein bestimmter Stern hell auf ihr Haus leuchtete. Seither schaute sie jeden Abend danach. Heute Nacht war es so weit. Obwohl sie den Weg hinunter kannte, war er doch zu dieser Jahreszeit recht gefährlich. Es war mitten im Winter. Schnee bedeckte die Hänge und der Weg zum Dorf war schwer zu erkennen. Sie kam nur langsam voran, ihr Gehstock half ihr so manches Mal nicht hinzufallen. Sie sah in den Himmel und noch immer leuchtete dieser eine Stern, so hell wie sonst nie. Gut, dachte sie, dass ich mich wenigstens nicht geirrt habe. In der Ferne erblickte sie bereits warme Lichter.

In jenem Dorf, tief in der Nacht, hörte man laute Schreie. In einer einfachen Hütte loderte ein Feuer und viele Kerzen erhellten den Raum. In einem Bett nahe dem Fenster lag eine Frau in den Wehen. Angst und Schmerzen verzerrten ihr Gesicht, denn es war ihre erste Geburt. Ihr Mann, der sehr nervös war, schlich sich aus dem Haus, denn die Hebamme wirbelte geschäftig umher. Durch das fast vereiste Fenster schaute er von draußen weiterhin zu. Er hoffte, dass es bald so weit sein würde. Doch es dauerte noch fast eine Stunde, bis er endlich ein weiteres Schreien vernahm. Aufgeregt rannte er in das Haus hinein, um sein erstes Kind in Empfang zu nehmen. Die Hebamme packte den Säugling in ein Tuch ein und schlug eine Decke um ihn herum.

„Hier", sprach die Hebamme, „das ist dein lang erwarteter Sohn."
Tränen des Glücks liefen über seine roten Wangen. Glücklich schaute er hinüber zu seiner Frau und zeigte ihr stolz seinen Sprössling.
„Hier, Frau, das ist unser Sohn Noyan. Er ist wundervoll, einmalig", und seine Stimme bekam dabei einen ganz anderen Klang. Dann aber schaute er verwirrt zu seiner Frau. „Aber Frau, was ist los?" Sein Gesicht verdunkelte sich und er nahm das Baby wieder zu sich ran. Seine Frau verzog das Gesicht, wand sich vor Schmerzen und schrie erneut. Nach kurzer, aber sehr intensiver Zeit brachte die Frau ein weiteres Baby zur Welt, ein Mädchen. Niemand war auf zwei Kinder vorbereitet gewesen. Erschöpft, verwirrt und fragend schaute sie in das kleine Gesicht des Mädchens, was sie nun in ihren Armen hielt. Auch dieses Kind schrie laut und kräftig in die Nacht hinein.
„Ihr Name wird Chaido sein", sagte die Frau mit schwacher Stimme.
Durch das kleine Fenster leuchtete der Stern auf ihr Haupt und genau in diesem Moment schaute auch die alte Janna hindurch und sah, was sie wissen musste. So, dachte sie bei sich, ein Mädchen also wird es sein, Chaido, aus dieser Hütte. Sie schien an Informationen genug erfahren zu haben und machte sofort kehrt, um den weiten Weg zurück zu ihrer Hütte zu gehen.

Über zwei Jahre vergingen. Draußen hatte die Natur alles grün gemalt und alle Kinder des Dorfes liefen tobend umher. Nur ein kleines Mädchen rannte nicht mit. Still stand es hinter einem kargen Apfelbaum und schaute den anderen zu.

„Habt ihr sie entdeckt?“, rief eines der Mädchen den anderen Kindern zu.
„Ja“, kam es fast wie im Chor zurück.
„Wie kann man sie nicht schon von Weitem erkennen. Die mit ihren weißen Haaren!“ Eines der Mädchen steckte die Zunge nach ihr aus und kicherte.

Mir war klar, dass sie mich meinten. Traurig blickte ich den anderen hinterher, aber immer wenn sie mich sahen, hänselten sie mich. Niemand wollte mit mir spielen. Manchmal bekam ich sogar Fußtritte von den größeren Kindern ab. Meine Eltern schien es nicht zu stören. Sie kümmerten sich nicht um mich. Vater und Mutter waren nur liebevoll zu meinem Bruder Noyan, denn der war wie alle im Dorf, nämlich schwarzhaarig.
„Wo hat dieses Mädchen nur diese weißen Haare her?“, fragte mein Vater laut meine Mutter, die gerade zu den anderen Kindern hinüberging.
„Das war wohl das helle Licht, welches ihr in der Nacht ihrer Geburt auf den Kopf schien.“ Bei diesem Satz lachte sie laut auf.
Sie war mit uns zwei Kindern völlig überlastet und wünschte sich so manches Mal eines davon weg, am liebsten mich, Chaido. Dass sich ihr Wunsch bald erfüllen sollte, ahnte meine Mutter bis dahin noch nicht. Sie ging auf die Kinder zu und zerrte erst Noyan und später auch mich in die Richtung unserer Hütte, als sie plötzlich ein Flüstern hinter sich vernahm.
„Pst, schau mal nach vorne, ist das nicht die alte Janna, die da kommt?“, fragte mein Vater sie im leisen Ton.

Fast auf der Stelle leichenblass geworden, blickte meine Mutter nach vorne. Sie sah, wie eine alte Frau mit einem Gehstock langsam auf sie zukam. Plötzlich verstummten auch alle anderen. Die Kinder, die eben noch umhergetobt hatten, versteckten sich hinter den Beinen ihrer herannahenden Eltern. Ehrfurchtsvoll waren die Blicke auf Janna gerichtet und kaum jemand mochte öffentlich sagen, dass es eher Angst als Ehrfurcht vor der alten Frau war. Es gab viele Geschichten über Janna, die meist auch nur hinter vorgehaltener Hand erzählt wurden. Einige getrauten sich den Namen „Hexe“ in den Mund zu nehmen, aber die Angst vor ihr war doch so groß, dass niemand es laut gesagt hätte. Man wusste, sie wohnte hoch oben in den Bergen, ganz alleine. Janna kam Schritt für Schritt näher. Auch wenn ich die Angst bei den anderen spürte, so konnte ich dieses Gefühl bei ihrem Anblick nicht empfinden. Mir gefiel ihr weiches rundes Gesicht mit den leicht roten Bäckchen, und ich konnte es mir nicht verkneifen sie anzulächeln, denn sie machte einen starken Eindruck auf mich. Meine Mutter zog Noyan hinter sich und versteckte ihn vor der Alten. Mich ließ sie aber einfach neben sich stehen, als ob ich nicht zu ihr gehörte. Die alte Janna blickte in die Runde, die sich schnell gebildet hatte, und ich spürte die Unsicherheit der anderen, wenn Jannas Blick sie traf. Beinahe hätte ich jetzt laut losgekichert, denn sonst benahmen sich die Erwachsenen und Kinder immer andersherum. Janna bemerkte dies alles natürlich und schaute mich mit einem warmen Lächeln an. Es war so schön, so liebenswert, so freundlich, und zum ersten Mal spürte ich etwas Einzigartiges um mein Herz herum.
„Du bist also Chaido?“, fragte sie mich mit ruhigem Ton und sah mich mit einer hochgezogenen Augenbraue fragend an. Ich brachte nur ein Nicken zustande und grinste verschmitzt dabei. Meine Mutter nahm Noyan fester zu sich heran und

drückte ihn ängstlich. Mein Vater stand wie versteinert hinter ihr.
„Das ist schön, Chaido, ich freue mich sehr dich endlich kennenzulernen." Dabei streckte sie gleichzeitig ihre Hand nach mir aus. Alle traten einen Schritt zurück, vor Angst, von ihr verhext zu werden. Ihre runzelige Hand aber traf meinen Kopf und diese kurze Berührung fühlte sich warm an und sehr angenehm.
Dann aber drehte sich ihr Gesicht zu meiner Mutter um und veränderte sich. In einem kalten, harten Ton sprach sie zu meiner Mutter: „Dein Wunsch, Frau, wird heute erfüllt!"
Erschrocken und leichenblass geworden, bekam meine Mutter keinen einzigen Ton heraus. Sie wusste genau, was sie jeden Tag gedacht hatte und wie sehr sie lieber nur ein Kind, nämlich diesen einen Sohn gehabt hätte. Aber woher sollte diese alte Frau das wohl wissen?
Janna ging ein Stück weiter und blickte nun meinen Vater an, der sofort aufbegehren wollte. Aber ihre Finger fuhren wie ein Schlüssel über seinen Mund, sodass er nicht mal einen winzigen Ton herausbrachte. Beiden warf die Alte einen abschätzigen Blick zu und dann wandte sie sich wieder zu mir. Ihre Hand ergriff die meine. Langsam drehte sie sich um und ging einfach mit mir los. Ich schaute zu ihr auf und sah wieder ein wärmendes Lächeln. Nichts in mir verspürte den Drang, mich zu wehren oder mich umzudrehen und zurückzublicken.

Janna lief mit mir einen sehr langen Weg durch den Wald und schnell wusste ich nicht mehr, wo ich mich befand. Es bestand sofort eine tiefe Innigkeit zwischen uns, die es uns sehr leicht machte zu wissen, dass alles so in Ordnung war.

Fortan wohnte ich bei der alten Janna. Sie nahm mich überall mit hin. Ihre ruhige und ausdauernde Art machte es mir leicht sie zu mögen. Wir wohnten in einer kleinen und bescheidenen Hütte weit oben auf dem Berg. In der Nähe floss ein kleiner Gebirgsbach vorbei. Um die Hütte herum standen hohe, dichte Tannen, sodass ein Fremder die Hütte nicht gleich erkennen konnte. Das Dach war bereits vermoost. Von hier konnte man die ganze Welt sehen, so dachte ich es zumindest damals. Es gab viel freie Fläche, aber auch Waldgruppen und gefährliche Abhänge. Die Hütte war einfach, aber gemütlich. Überall in ihr waren Pflanzen, Kräuter, Wurzeln und Beeren ausgebreitet.

Jannas Hütte

Auch wenn Janna schon sehr alt war, so fing sie jeden Tag mit einer unwahrscheinlichen Leichtigkeit an. Bevor es ihren zauberhaften Kräutertee am Morgen gab, ging sie hinaus, um ihr weniges Vieh zu versorgen. Wir wuschen uns an dem kleinen Gebirgsbach und tranken auch sein Wasser, das übrigens vorzüglich schmeckte. Dann zogen wir mit unseren Weidenkiepen los und sammelten Pflanzen, Beeren, Pilze, Wurzeln, je nach Jahreszeit, alles was die Natur gerade darbot. Am Nachmittag verarbeiteten wir das Gesammelte und bei Einbruch der Dunkelheit fielen auch uns die Augen zu.

So gingen einige wundervolle Jahre friedlich ins Land. Was Janna mich lehrte, war nicht nur das Überleben hier auf dem Berggipfel; was sie mir widerspiegelte und zeigte, war auch das Einssein mit der Natur. Da gab es die Heilsteine, die sie oft in ihren großen Krug mit hinzutat, wenn sie frisches Wasser aus dem Bach holte. Und sie erzählte unzählige Geschichten von den Naturgeistern und Naturwesen, denen sie begegnet sei. Janna konnte herrlich lebendig erzählen. Ich liebte ihre Art, wenn sie so tat, als verwandelte sie sich in eines dieser Wesen, damit ich besser verstand, wie dieses Wesen lebte. Dabei lachten wir oft herzlich zusammen. In den aufeinanderfolgenden Jahreszeiten, die wir durchlebten, wurde es uns nie langweilig. Ob Frühling oder Sommer, Herbst oder Winter, jede Zeit hatte viele schöne Tage zu bieten. Einmal im Jahr, zur Sommerzeit, verschwand Janna für zwei Tage. Sie sagte immer, wenn ich groß wäre, dann würde auch für mich der Tag kommen, an dem sie mich mitnehmen würde zu einem Fest, das weit weg von unserer Hütte stattfand. Natürlich konnte ich diesen Tag kaum erwarten und wäre ihr am liebsten heimlich gefolgt.

die kleine Chaido

Janna lehrte mich auch, die Mondphasen zu beachten. Denn einige Pflanzen entwickeln nur zur Vollmondzeit ihre wirkliche

Kraft. Genau in einer dieser Vollmondnächte, viele Jahre später, nahm sie mich mit, auf einen der höchsten Gipfel des Gebirges. Dort gab es eine kleine Höhle, die ich bisher noch nie bei einer unserer Wanderungen entdeckt hatte. Janna hatte vorher heimlich eine Kiepe mit einigen Dingen gefüllt. Jetzt breitete sie eine Decke auf dem Boden der Höhle aus und sah mich fragend an.

Janna

„Chaido, was ist los mit dir? Fesselt dich der Ausblick in der Nacht so sehr, dass du mir nicht helfen kannst?“

Oh, dachte ich, wie gut sie mich kannte.

„Ja, der Mond sieht von hier noch größer aus“, rief ich ihr zu. Dann drehte ich mich aber vom Eingang der Höhle um und lief zu ihr hin.

Janna entzündete ein kleines Feuer und auch mehrere Kerzen. Erst jetzt sah ich die vielen fantastisch erscheinenden Steine, die sie bereits ausgelegt hatte.

„Chaido, lege die Blumen um die Steine herum!“

Ich nahm die gesammelten Blütenköpfe und arrangierte sie um die Steine herum. Dabei träumte ich leicht vor mich hin. Irgendwie war es eine komische Nacht, dachte ich. Janna hatte den Rest vorbereitet und kam nun zu mir. Sie nahm meine

Hand und ging zum Ausgang der kleinen Höhle. So schauten wir ohne zu sprechen eine Weile in die Nacht hinaus. Der Mond schien uns heute Nacht förmlich zu verschlingen. Janna drehte sich zu mir um und nahm auch meine andere Hand in die ihre.

„Sicherlich fragst du dich, warum ich dich hierher mitgenommen habe."

Aufgeregt nickte ich und bekam dann aber doch ein etwas krächzendes Ja heraus.

„Chaido, mir ist nicht entgangen, zu welch einer wundervollen jungen Frau du dich entwickelt hast", führte sie das Gespräch weiter. Unsicher, weil ich den Fortgang ihrer Worte nicht wusste, stand ich ihr gegenüber.

„Ab heute werden wir jede Vollmondnacht hier in der Höhle verbringen und der Weiblichkeit ihren Tribut zollen."

Ich schwieg einfach und nickte ihr zustimmend zu.

„Komm, wir haben heute ganz besondere Pflanzen gesammelt, geben wir sie in das Feuer hinein."

Wir holten Mädesüß, Schafgarbe und Baldrian aus der Kiepe heraus und legten sie auf die Glut. Der Rauch der langsam verbrennenden Pflanzen lullte uns ein und ließ unseren Geist förmlich davonschweben. Janna öffnete ihren kleinen Lederbeutel und gab noch etwas Weihrauch dazu. Dann setzen wir uns zusammen auf die Decke. Unsere Hände fanden wieder zueinander und Janna sprach:

„Hör zu, Chaido, der Mond ist das Symbol der *Großen Mutter*. Er beeinflusst unsere Gefühle und wirkt auf das seelische Wohlempfinden. Der Mond zeigt uns die Wichtigkeit unserer Instinkte. Ohne sie gehst du verloren und wirst krank. Er lehrt dich auch das Bauchgefühl. Viele geheimnisvolle Seiten kann er in dir zum Vorschein bringen, vor allem sind es die magischen Aspekte, die hoch wiegen. In Nächten wie dieser

sind Rituale besonders wirkungsvoll, vor allem aber das Fruchtbarkeitsritual bei Frauen.“
Etwas schelmisch lächelte sie in sich hinein, bevor sie, wieder ernst, fortfuhr.
„Chaido, in Vollmondnächten können wir unseren Träumen ganz besonders nachgehen. Auch Visionen erreichen uns sehr klar und deutlich. Komm, lass uns den Tee hier gemeinsam zu uns nehmen, die Augen schließen und beten. Lass uns fühlen, wie der Mond sich anfühlt, welche Macht er ausübt.“
Sie nahm den Tee und gab mir einen Becher davon. Ihre Worte begeisterten mich. Ich fühlte mich wie an einem magischen Ort. Brav trank ich den Tee aus, schloss die Augen und versuchte in mich hineinzusehen. Der Duft der verräucherten Pflanzen verzauberte mein Gehirn. Ich fühlte mich lebendig und kraftvoll. Der Tee breitete sich in meinen Bauch aus und brachte wohlige Wärme mit sich. Ich merkte meinen Geist davonschweben mit einer Leichtigkeit, die mir bisher fremd gewesen war. Zuerst nahm ich Nebel wahr und schwamm in ihm, wie in Wasser. Von weit her vernahm ich die Schreie eines Vogels. Noch funktionierten meine Gedanken, bis letztendlich meine Sinne die Oberhand gewannen und mein Kopf sich völlig leerte. Und so beobachtete ich, wie sich der Nebel lichtete und ich mich inmitten von mir unbekannten, bunt blühenden Pflanzen wiederfand. Ich hörte Wasser rauschen und roch frisches Gras. Tollend lief ich zum Wasser hinüber, grüßte übermütig den mir unbekannten riesigen Baum, der, als ob er sich freute mich zu sehen, mit seinen vielen Ästen wedelte. Wo mochte ich hier nur sein? Unerwartet spürte ich einen kräftigen Windstoß auf meinem Rücken und drehte mich ruckartig um. Ein riesiger, glänzend roter Drache kam herbei und setzte sich vor mir nieder. Wie festgewurzelt blieb ich stehen und blickte auf ihn. Wie wunderschön er war, stellte ich

fest. Ich wunderte mich über mein Verhalten, dass ich weder Angst noch Scheu vor ihm hatte. Seine roten Schuppen glänzten so wundervoll in der Sonne und beinahe majestätisch schritt der Drache langsam auf mich zu. Aus den Nasenlöchern dampfte es ein wenig, als ob er außer Atem wäre.
„Du kannst mich also sehen?“, vernahm ich eine liebreizende weibliche Stimme. Aber wie konnte ich dieses Wesen verstehen, sprach es nicht eine völlig andere, mir unbekannte Sprache? Redete ich mit einem Drachen? Ich versuchte zu antworten, wobei meine Stimme kaum zu hören war, und sagte:
„Ja, ich sehe dich, einen wunderbaren glänzend roten Drachen.“
„Gut so“, vernahm ich es wieder. „Nun ist es also doch wahr geworden. Die Prophezeiung hatte recht. Du kannst unsere Sprache verstehen. Ich kann das hier heute nur kurz aufrechterhalten, du musst noch viel üben, aber bald werden wir uns wiedersehen, bald verstehst du alles, bald.“
Alles fing an verschwommen zu werden und ich schrie noch zurück:
„Wie heißt du, wer bist du?“
Nebel zog wieder auf und wie aus weiter Ferne hörte ich noch die Stimme, die mir sagte:
„Mein Name ist Dragsia.“
Und schon war ich wieder restlos in diesem Nebel eingelullt, der mich schwebend nach Hause trug. Ich nahm den Geruch von Weihrauch war, öffnete die Augen und sah, dass Janna etwas ins Feuer warf.
„Janna, es tut mir leid, ich muss eingeschlafen sein, ich hatte gerade einen merkwürdigen Traum!“, rief ich zu ihr hinüber. Die alte Janna kam auf die Decke zurück und wir kuschelten uns aneinander.

„Erzähle mir von deinem Traum, Chaido!“, forderte sie mich auf. Schon sprudelte es aus mir heraus und ich erzählte vom Nebel, von dem unbekannten Baum und dem Drachen, der Dragsia hieß. Mit einem warmen Lächeln schaute sie mir in die Augen und zeigte dann mit ihrer Hand zum Mond hinauf.

„Es passieren magische Dinge, Chaido, wenn der Mond seine völlige Rundung zeigt. Siehst du da oben den Stern, der heute so innig leuchtet, dort drüben beim Berggipfel?“

Meine Hand wies auf einen sehr grell leuchtenden Punkt am Himmel.

„Du meinst den da? Der war doch noch nie dort, oder irre ich mich?“, verwundert sah ich Janna an.

„Doch, Chaido, einmal leuchtete er schon mal so hell wie heute. Das war am Tag deiner Geburt.“

Und nun fing Janna an zu erzählen:

„Ich war damals schon etwas älter als du, als ich meiner Mutter versprechen musste, immer auf diesen Stern zu achten und ihm nachzugehen, wenn er eines Tages richtig hell leuchten sollte. Sie hatte es wohl damals schon gewusst, dass ich keine Kinder bekommen würde, an die ich unser Erbe weitergeben könnte. Leider verstarb meine Mutter viel zu früh und so blieb ich alleine auf dem Berg wohnen. Aber all ihr besonderes Wissen hatte sie mir bis dahin beibringen können. Sie liebte Pflanzen und hatte ein unwahrscheinliches Gespür für alle Dinge. Einmal im Jahr gingen wir zu einem Fest, einem besonderen Fest. Es war das Sommersonnenwendefest, zu dem immer ganz besondere und ausgesuchte Menschen und Wesen kamen. All diese lebten ebenfalls meist alleine und alle hatten sie so ihre kleinen Geheimnisse. Wir mussten immer vor den anderen auf der Hut sein, denn fälschlicherweise nannte man uns oft Hexen, weil keiner über uns Bescheid wusste. Unser Wissen konnte die Menschen da draußen

heilen, aber eben auch töten, was wir nur im äußersten Notfall machen würden, nur dann, wenn unser Leben bedroht wäre. Aber die anderen Menschen haben Angst vor uns, weil wir eben so sind, wie wir sind, und anders als sie leben. Und dann gibt es noch die Menschen, die so sind wie du."
„Wie ich?", fragte ich nun staunend dazwischen.
Janna sprach ruhig weiter:
„Ja, Chaido, so wie du. Noch ist alles nicht ganz ausgereift, aber du hast die Fähigkeiten zu reisen. Nicht ins nächste Dorf, sondern in andere Dimensionen und in andere Zeiten. Das macht dich zu einem leuchtenden Stern."
Janna lachte laut auf:
„Deine Haare und der Stern da oben haben die gleiche Farbe."
Ich spielte mit meinen Fingern verträumt in den langen weißen Haaren herum und sagte:
„Aber Janna, warum ich, was hat das mit mir zu tun?"
„Die Antworten werden nach und nach zu dir kommen. Du bist etwas Besonderes, Chaido, und wirst einen ungewöhnlichen Weg beschreiten müssen. Aber du bist klug, aufmerksam und wissbegierig. Wenn die Zeit gekommen ist, wirst du auch die Kraft finden ihn zu gehen."
Janna streckte ihre Beine aus und man hörte das Knirschen ihrer Knochen.
„Ich glaub, ich werde alt, Chaido", lachte Janna in die Nacht hinein. „Und nun lass uns den Rest der Nacht genießen. Morgen werden wir zurück zur Hütte gehen und uns auf das bevorstehende Fest vorbereiten, denn beim nächsten Vollmond werden wir mit den anderen feiern und du wirst das erste Mal dabei sein."
Meine Augen leuchteten auf. Bisher hatte ich nur selten, sehr selten andere Menschen gesehen und meist auch nur aus der Ferne. Janna warf noch etwas vom Holz und den Kräutern ins

Feuer und dann kuschelten wir uns aneinander und redeten so lange, bis wir endlich einschliefen.

In den nächsten Wochen waren wir damit beschäftigt, möglichst viele Kräuter für das Fest zu sammeln. Janna hatte erzählt, dass jeder etwas anderes zum Fest mitbringen würde und dass sie und jetzt wir für die Kräuter zuständig wären. Auch erzählte sie mir viel über das Fest an sich, über seinen Sinn und Ablauf, sodass sich meine Aufregung zeitweilig etwas legte. So wusste ich bereits, dass die Sommersonnenwende mitten im Jahr stattfand und zwar am längsten Tag mit der kürzesten Nacht. Bei einigen wurde das Fest auch Litha genannt. Litha war die Göttin der Fruchtbarkeit und auch die Mondgöttin. Litha sorgte für Ausgeglichenheit und für die Balance zwischen allen Dingen. Mir war Litha beim letzten Vollmond schon begegnet, als ich gehört hatte, wie die alte Janna sie in ihrem Gebet angerufen hatte. In diesem Jahr, so empfand ich es, gab es besonders viele Pflanzen, Kräuter und Blumen. Heute hatten wir Mohn gesammelt. Da ich mit den Pflanzen aufgewachsen war, konnte ich die verschiedenen Arten sehr gut unterscheiden. Eigentlich kannte ich nichts und tat nie anderes als Pflanzen und Kräuter zu sammeln. Die alte Janna hatte schon Schwierigkeiten mit ihren Augen. Manchmal fragte sie mich, welche Pflanze denn vor mir stünde. Sie machte das sehr geschickt, denn indem sie mich das fragte, tat sie so, als ob sie mein Wissen prüfen wollte. Dabei wusste ich ganz genau, dass ihre Augen die verschiedenen Pflanzen mal wieder nicht klar zu unterscheiden vermochten. Aber niemals hätte ich das ihr so direkt gesagt. Ich lächelte dann immer in mich hinein, tat so, als müsste ich rätseln, und freute mich dann über ihre kleine Grimmigkeit. Mittlerweile war ich auch

schon einen Kopf größer als sie und oft neckte ich sie deswegen und nannte sie liebevoll „meine kleine Janna“ Allmählich wurde ich immer aufgeregter.
„Was ist los mit dir, Chaido? Du rennst hier herum und weckst noch die Spinnen auf!“
Janna spürte, wie zappelig ich wurde. Mit schrägen Augen schaute ich zu ihr hinüber und verzog meinen Mund zu einem Flunsch.
„Ich bin nervös. Ich frage mich, wen ich da wohl treffen werde, was passieren wird, und und und.“
Aber Janna gluckste nur in sich hinein, schüttelte mit dem Kopf und drehte sich wieder um.

„Chaido, Chaidooooo! Mädel, mach deine Augen auf, wir wollen bald los!“, wetterte Janna an einem Morgen rum. Gähnend blickte ich sie an und schreckte dann hoch. Ja, heute war es so weit, heute sollte es nun endlich losgehen. Aus einer Truhe holte die alte Janna zwei Kleider hervor.
Verdutzt schaute ich sie an und fragte:
„Wie hast du die da hineingezaubert? Die sind ja beide traumhaft schön.“
Und mit dieser Feststellung hatte ich nicht übertrieben. Ich fand an meinem lindgrünen Kleid kleine Perlen wieder und auch getrocknete Beeren waren an manchen Stellen angenäht. Hier noch ein Blatt von der Eiche und dort eine meiner Lieblingsblüten, das Veilchen. Das Kleid saß perfekt, es war ein Traum von einem Kleid und meine Freude erzeugte umgehend Übermut. Auch Jannas Kleid war reichlich verziert und es stand ihr wirklich sehr gut. Kurze Zeit später machten wir uns auf den Weg zum Fest. Unsere Kiepen waren voll mit gesammelten Kräutern. Noch immer hatte mir Janna nicht verraten, wo das Fest stattfinden sollte und wie wir dorthin

kämen. Sie tat sehr geheimnisvoll und ich bemerkte, wie sie, sobald ich das Thema anschnitt, verschlossen wurde. So trabte ich hinter ihr durch den Wald her. Nach einiger Zeit befanden wir uns auf Wegen, die ich nie zuvor gegangen war. Janna schritt zielsicher aus und sprach kaum mit mir. Nach einigen Stunden des beschwerlichen Weges hielt sie inne und sprach: „Wir werden bereits beäugt, Chaido."

Ich drehte mich im Kreis und machte meine Augen ganz weit auf. Ich hatte zwar schon einige Zeit das Gefühl gehabt, als ob wir nicht ganz alleine wären, hatte diese Ahnung aber beiseitegeschoben.
„Komm weiter, Chaido, es ist alles in Ordnung, es sind Freunde", sprach Janna zu mir und ich folgte ihr weiter. Nach kurzer Zeit blieb sie vor einer riesigen Eiche stehen. Deren Blätter wedelten im leichten Wind und aus ihrem riesigen, dicken Stamm schaute uns ein sehr freundliches Gesicht an. Aus einer ihrer vielen kleinen Ledersäckchen holte Janna einen Stein mit der Form eines Sternes hervor. Sie presste ihn an den Stamm zwischen die Augen und fing an, etwas in sich hineinzumurmeln. Ich verstand nur Brocken des Gesagten und es hörte sich an wie „Pentagramm" und dann „Magie der Nacht". Was das genau war, wusste ich nicht. Janna nahm meine Hand und der Baum öffnete seinen Mund zu einem riesigen Eingang. Ich wollte noch etwas sagen, aber schon durchschritten wir die Öffnung und befanden uns mitten in einem grünen Tal. Viele hölzerne Bänke waren dort aufgestellt und Tische mit Speisen standen bereit.
„Hör zu, Chaido", sagte Janna im energischen Ton, „wir sind extra etwas früher hierhergekommen, denn ich wollte, dass nicht alle auf dich sehen, wenn wir kommen, sondern dass du sehen kannst, wenn die anderen einzeln hereinkommen. Das

hat den Vorteil, dass sie dich mit ihren neugierigen Fragen nicht überfallen und dich mit ihren Blicken verscheuchen.
Ich war sehr nervös und nickte Janna nur zu.
„Sag, Janna, wer hatte uns im Wald verfolgt?“
„Oh ja, es waren die, ähm, nein, ich werde es dir noch nicht sagen. Du wirst sie heute noch kennenlernen, nach Mitternacht, um genau zu sein“, so sprach Janna und machte ein heimlichtuerisches Gesicht.
Wir legten nun unsere Kiepen ab und verteilten auf einigen Tischen unsere frischen Pflanzen. Es gab hier schon ein paar Blumenfrauen, die eifrig die Tische schmückten, und deren Männer sich am Holz für ein Feuer zu schaffen machten.
„Chaido, eines wollte ich dir noch sagen“, rief mich Janna zu sich heran. „Hör zu, Mädel, sei freundlich und nett heute Abend, aber sage nicht alles von dir. Erzähle über Pflanzen und Kräuter, aber erzähle niemand von deiner Reise zu dem Drachen. Das bleibt unser Geheimnis. Denn du kannst und darfst niemand trauen, oftmals weißt du nicht, wer wirklich vor dir steht, drum sei auf der Hut. Lass dich von deinen Instinkten und deinem Herz leiten.“ Kaum ausgesprochen, kamen wie durch eine unsichtbare Wand die ersten Gäste herein.

Zuerst begrüßte mich eine dickliche kleine Frau mit rundem Gesicht, auf deren Nase eine eigenartig geformte Warze ihren Platz gefunden hatte. Überall an ihrem Kleid hatte sie bunte Steine und wenn sie lief, wackelten alle hin und her. Ich musste in mich hineingrinsen, dachte aber an Jannas Worte, grüßte höflich und stellte mich als Chaido vor. Die Frau spitzte den Mund, senkte den Kopf etwas und schaute mich abschätzend an. Dann nickte sie wohlwissend und ging weiter. Komische Gestalt, dachte ich mir, und war gespannt auf die weiteren

Besucher. Von nun an ging es Schlag auf Schlag. Ein großer, schlanker Mann mit Vollbart betrat das unsichtbare Reich. Seine Haare glichen in der Farbe meinen. Nur waren seine wohl so weiß, weil er schon so alt war. Seine Hand fand die meine und er drückte sie lange, fest und kraftvoll. Ich hätte ihm diesen Händedruck gar nicht zugetraut, spukte es dabei in meinen Gedanken umher. Er stellte sich als Rubeus vor und in seiner Hand hatte er einen großen Stab, der meine ganze Aufmerksamkeit auf sich zog. Der Stab war wunderschön geformt und hatte viele und selten gesehene Verzierungen dran. Rubeus bemerkte meine Neugierde und hielt noch fester seinen Stab fest. Sein Blick durchbohrte mich fast, aber zum Glück ging er dann weiter. Ein Schauer durchjagte meinen Körper. Dann aber lächelte ich wieder und grüßte nett jeden Hereinkömmling. Bei einem der Nächsten ging ich in die Knie, um in seiner Höhe guten Tag zu sagen. Sein Gesicht war faltig, seine Nase etwas breiter und an der Spitze knubbelig. Seinen Hals sah ich nicht, dafür den kugelrunden Bauch. Auch er trug einen langen Bart, hatte aber Zöpfe hineingeflochten. Seine Augen sahen kämpferisch aus, und voll mit Energie. Er fand die Geste nett, dass ich mich zu ihm hinunterbegab, und huldigte dies mit einem herzhaften Lächeln. Nun kamen mehrere junge, sehr schlanke Frauen herein. Sie schienen nur ein paar Jahre älter zu sein als ich. Jede von ihnen trug ein andersfarbiges Kleid und dazu passend farbige Steine. Ihre langen glatten Haare umschmeichelten ihre Körper. Anmutig, ja fast schwebend, liefen sie über den Rasen. Nachdem es eine Weile so weiter ging und ich bereits etwas müde vom Vorstellen wurde, kam plötzlich ein junger Mann herein. Ein wenig stolz kam er mir vor. Er hatte eine grüne Filzweste und Hose an und ein kleiner Bart umschmiegte seine dünnen Lippen. Etwas staksig kam er auf mich zu und bombardierte

mich sogleich mit vielen Fragen, sodass ich gar nicht dazu kam mich vorzustellen.
„So so, du bist also die Chaido, von der ich schon gehört habe. Nun ja, noch etwas dünn, aber doch schon ansehnlich. Du wohnst bei der alten Janna, nicht wahr? Ja, ja, lang hat sie gebraucht, aber es ist ja doch noch was geworden. Gut, gut, sag mir geschwind, mein Kind, warum bist du heute hier, was ist dein Können? Ach ja, ich vergaß, Janna hat es ja mit Kräutern, du wirst die Kräuterkunst sicherlich auch beherrschen. Aber was ist das Besondere an dir?" Nun beäugte er mich von oben bis unten und erhoffte sich eine sofortige Antwort von mir.
Erstaunt über seine Forschheit lächelte ich ihn an und erwiderte: „Ja, recht haben Sie, Herr ..., wie war gleich Ihr Name?"
Er rümpfte die Nase und bereitete sich wie auf einen Wettkampf vor:
„Ich bin Barki, hat man dir nicht erzählt von mir?" Der letzte Teil des Satzes schien ihn sehr mitzunehmen und es brachte ihn so außer Konzept, dass er sich kopfschüttelnd entfernte. Erst jetzt bemerkte ich, dass er gar keine Füße hatte, auf denen er lief, sondern zwei Hufe. Daher sein eigenartiger Gang. Ich sah ihm lange verwundert nach.

Unterdessen waren so viele Gäste eingetroffen, dass ich den Überblick verlor, wem ich mich vorgestellt hatte und wem noch nicht. Ich sah Janna geschäftig mit anderen Frauen reden und so nutzte ich die Chance, um etwas umherzuschlendern und alle neugierig zu beäugen. Es dauerte auch gar nicht lange, bis sich alle an den Tischen und Bänken einfanden, um zu speisen. Ich fand Janna wieder und setzte mich neben sie. Es gab leckere kleine Kuchen, bunte Blumensalate und vieles mehr. Jemand schenkte jedem ein Glas ein voll mit grünem Wasser, welches nach Waldmeister roch. Es wurde laut, denn jeder tratschte mit seinen Nachbarn und ich verlor gänzlich den Überblick über das Gesagte. Ab und an kam es vor, dass jemand ganz schnell hinter mir vorbeiging und an meinen Haaren zog. So schnell ich mich auch umdrehte, ich konnte nie erkennen, wer es gewesen war. Langsam begann es zu dämmern und einige Männer zündeten das Feuer an. Plötzlich ertönte Musik und einige Paare fanden sich sofort zum Tanzen ein. Ich beobachtete die Tanzenden; es war, als ob sie förmlich über den Boden schwebten. Je später es wurde, desto lauter wurden alle. Über manche Besucher konnte ich nur noch schmunzeln, wie unbeholfen sie über die Wiese liefen.

Janna stand plötzlich neben mir.
„Gleich wird es ein Feuerwerk geben und dann wird alles anders!"
In diesem Moment kamen alle zum Feuer herübergelaufen und fassten sich an die Hände, sodass ein großer Kreis entstand. Eigenartigerweise war es im Nu sehr still. Der alte schlanke Mann mit dem weißen Bart, Rubeus, betrat die Mitte und hielt eine Ansprache. Erst in diesem Augenblick wurde mir klar, dass Rubeus der oberste von allen hier war. Nun fielen auch noch mein Name und Jannas, und wir gingen in die Mitte des Kreises zum Feuer vor. Ich hatte gesehen, wie Janna mit ihrer Hand einen Lederbeutel hervorholte und etwas daraus nahm, welches sie dem Bärtigen gab. Dann verschwand sie etwas abseits, an eine andere Stelle am Feuer.
„Chaido", vernahm ich Rubeus' Stimme, „Du bist heute das erste Mal bei uns und einige von uns haben dich bereits schon kennengelernt, nicht nur hier, sondern auch schon woanders. Du wurdest beäugt und geprüft auf deinem Weg und es gab

nichts Boshaftes bei dir zu erkennen. Heute ist die Sommersonnenwende, eine der magischsten Nächte im Jahr. Du bist nun nicht mehr länger nur Chaido, du bist die Chaido, die ab heute offiziell zu uns gehört.“ Er holte ein Lederband hervor, befestigte an ihm einen rubinroten sternförmigen Stein und legte es mir als Kette um meinen Hals. Plötzlich puffte es aus dem Feuer, und weiße Funken sprühten magischen Lichtern gleich in alle Richtungen. Ich sah nur noch Dunkelheit und die Lichter um mich herum. Ein frischer Windzug schien mich zu streifen, mein Kleid fing an zu flattern –bis alles genauso schnell, wie es gekommen war, auch wieder verschwand. Die Musik fing an, laut zu spielen. Alles rannte auf mich zu und zum Feuer, um zu tanzen, nur waren es teilweise nicht mehr die Menschen, so wie ich sie vorher gesehen hatte. Die großen, schlanken Frauen hatten auf einmal glänzende Flügel, mit denen sie nicht mehr nur schwebten, sondern auch flogen. Ihre herrlich farbigen Kleider leuchteten an ihnen. Der kleine dickliche Mann besaß plötzlich übergroße Füße. Ich brachte keinen Ton heraus und wurde von meinen Gedanken davongetragen, als plötzlich ein frecher schwarzhaariger junger Mann vor mir stand, meine Hand nahm und wild mit mir zu tanzen begann.

„Los, Chaido, dreh dich, tanze und sei fröhlich“, rief er mir zu. Ich war wie benebelt und wusste im Augenblick gar nicht, wie ich mich benehmen sollte. „Nun mach schon, Chaido, stampfe mit deinen Füßen, bewege dich, sei frei!“, drang seine Stimme zu mir.

Als ich meinen Blick zum Boden richtete, weil ich sehen wollte, wie meine Füße stampfen konnten, entdeckte ich, dass mein Gegenüber keine Beine, sondern die bereits gesehenen Ziegenfüße hatte. Auch nahm ich jetzt die starke Behaarung seines unteren Körpers wahr und mit seinem Bart ähnelte er einem kleinen frechen Teufel. Kugelrund und groß wurden meine Augen und ich starrte auf das behaarte Etwas vor mir.

„Hast du denn noch nie einen Faun gesehen? Ich bin es, Barki von vorhin“, sagte Barki, nahm seine Panflöte und spielte wie wild auf ihr herum.

Ich wusste nicht, sollte ich lachen oder entsetzt sein, ich wusste nur eines, dieser junge Mann riss mich mit der Musik mit und es machte mir Spaß zu stampfen, mich zu bewegen und lustig zu sein. Egal was ich jetzt sah oder nicht, ich fügte mich dem und sah, wie alle um mich herum das Gleiche taten, nämlich mit Leichtigkeit tanzen, fröhlich sein und umhertollen.

Einige Stunden später ging die Sonne auf und allmählich versiegte der ganze Spuk. Die Feiernden verwandelten sich wieder zurück. Die Ersten schwankten durch das magische Tor hinaus und auch Janna und ich verließen das grüne Tal. Nachdem wir durch den Baum zurückgegangen waren, sah ich niemanden mehr, der beim Fest gewesen war.

„Wo sind sie nur alle hin und warum verabschiedete sich keiner?“, richtete ich meine Frage an Janna.

„So ist das immer, Chaido, ich habe es nie anderes erlebt“, erwiderte sie und klang dabei doch ganz schön müde. „Komm her, kaue etwas auf dieser Wurzel hier rum, das wird uns wach halten und uns genügend Energie geben, um es bis nach Hause zu schaffen.“

Sie gab mir ein Stück Wurzel und ich tat, was sie sagte. Die Wurzel hatte einen eigenwilligen Geschmack, dennoch bemerkte ich nach kurzer Zeit, wie ich wieder munter und kraftvoll wurde. Auf dem Heimweg versuchte ich meine Gedanken zu ordnen.

„Sag, Janna, wie kam es, dass sich um Mitternacht vieles verwandelte? Ich tanzte mit einem gewissen Barki, der war

wild und lustig und neugierig. Die schlanken Frauen um ihn herum sahen plötzlich nach Mitternacht so anders aus. Sie besaßen Flügel, warum?“
Janna lachte: „Oh ja, Barki, da bist du gleich an den Richtigen geraten, Mädel. Barki ist ein Faun. Halb Mensch, halb Ziege, immer zu Späßen aufgelegt und immer bemüht die Frauen zu erobern. Hat er das bei dir auch versucht?“, fragte Janna neugierig.
Etwas verlegen gab ich zurück: „Nun, er war sehr aufgeschlossen und mir gefiel seine Art mich mitzureißen, aber er war stets anständig.“
„Gut so! Dann brauche ich ihn ja das nächste Mal nicht an seinen behaarten Ohren ziehen“, kam es sehr mütterlich herüber.
„Sag, Janna, da waren die vielen Frauen mit den herrlich farbigen Kleidern, die so glitzerten und glänzten, woher kamen sie?“
„Du redest von den Feen. Diese waren es schon, die uns bereits einige Zeit dorthin begleitet hatten. Hattest du die schönen Schmetterlinge und Libellen nicht bemerkt?“, fragte Janna erstaunt.
Stotternd gab ich zurück: „Nun ja, doch, also ich bemerkte und sah einige wirklich schöne Exemplare von ihnen auf dem Hinweg, wäre aber nie darauf gekommen, dass sie später zu den jungen Frauen, den Feen, wurden.“
„Spare jetzt deine Kräfte, Chaido, wir müssen noch einen weiten Weg zurücklegen“, ermahnte mich Janna.
Gedankenverloren liefen wir weiter durch diese besondere Nacht.

Zu Hause angekommen, zogen wir unsere Festgewänder aus und schlüpften wieder in die Alltagskleidung.

Beim Entleeren meiner vielen kleinen Taschen bemerkte ich plötzlich ein kleines, lilafarbenes Fläschchen, das fest verschlossen war. Ich kannte es nicht und war sehr verwundert. Ich wollte es öffnen, aber da trat gerade Janna zu mir heran und fragte neugierig, was ich denn da hätte. Ich zeigte ihr die schön verzierte kleine Flasche und legte sie in ihre Hand. Janna schloss die Hand und dann die Augen. Etwas aufgeregt schaute sie mich an und fragte: „Wo hast du sie her? Wer gab sie dir?“
„Ich weiß es nicht, Janna, sie war plötzlich da, jemand muss sie mir während des Festes zugesteckt haben. Ihre Aufgeregtheit steckte mich an. „Ist damit etwas, Janna? Sie sieht so unwahrscheinlich schön aus, vielleicht hatte ich ja einen heimlichen Verehrer“, versuchte ich die Stimmung umzulenken.
Trotz allem schaute mich Janna besorgt an.
„Vielleicht bin ich ja nur übermüdet, aber ich habe irgendwie ein komisches Gefühl. Stell die Flasche doch einfach auf den Tisch dort und lass uns erst einmal schlafen gehen. Morgen werden wir eventuell mehr wissen.“
Schnell huschten wir auf unsere Liegen und schlummerten ein. Noch im Schlaf träumte ich von dem Fest und wie sich alles verwandelt hatte.

Am nächsten Morgen ging ich gleich ganz früh in die Berge, um noch etwas Johanniskraut zu sammeln und am Nachmittag Öl ansetzen zu können. Janna blieb derweilen daheim und ruhte sich noch aus. Ihr war das Alter nun doch schon anzumerken.

Daheim fiel Jannas Blick immer wieder auf das lilafarbene Fläschchen. Was hatte es damit nur auf sich, fragte sie sich ständig. Sie beschlich ein eigenartiges Gefühl, konnte es aber nicht klar einordnen, setzte sich an den Tisch und nahm die Flasche in die Hand. Sie war so zierlich klein gearbeitet, dass sie völlig in ihrer Hand verschwand. Sie versuchte zu fühlen, was sich dahinter verbarg. Janna wusste, dass man auf der Hut sein musste, jetzt erst recht, da Chaido das erste Mal auf dem Fest öffentlich zu sehen gewesen war. Es gab eine Prophezeiung und Chaido hatte darin eine große Rolle zu spielen. Bisher konnte sie Chaido behüten und beschützen, aber wie lange noch? Ihre Stirn legte sich in Falten. Hatte die böse Macht bereits versucht, ihr was anzutun? Plante sie etwa schon Chaido zu vernichten? Es ließ Janna keine Ruhe, sie konnte auch durch ihre Hände nichts erfühlen. Vielleicht war es doch einfach nur ein nettes Geschenk von einem der jungen Burschen, dachte Janna laut. Ich werde einfach mal daran riechen. Mit viel Kraft drehte sich langsam der Verschluss. Sie wollte die Flasche nur ein klein wenig öffnen, um mit der Nase etwas zu erschnuppern. Aber plötzlich öffnete sich der Verschluss wie von selbst und ein lilafarbener Nebel trat heraus. So schnell konnte Janna vor Schreck gar nicht die Flasche wieder von ihrer Nase entfernen. Sie roch etwas eigenartig Süßes und sackte dabei ganz langsam auf ihrem Stuhl zusammen. „Chaido“, rief sie noch ganz schwach, „Hilfe, Chaido, es ist eine Falle“, kam noch ganz schwach über ihre Lippen, bevor diese sich blau verfärbten und sie ihren letzten Atemzug tat.

Ich war einen weiten Weg in den Wald gegangen und hatte viele der von Janna gewünschten Kräuter gesammelt, als mir

plötzlich ganz flau im Magen wurde. Oh, warum war mir nur so eigenartig, warum musste ich an Janna denken, so, als ob ihr etwas passiert wäre? Von den Kräutern war ja jetzt ausreichend da, ich wollte umkehren, beschloss ich, und ging mit schnellen Schritten Richtung Hütte.
Als ich sie betrat, sah ich sofort Janna mit ihrem Körper auf dem Tisch liegen. Schnell stürzte ich dahin und setzte sie aufrecht hin.
„Janna, Janna", schrie ich verzweifelt, „was ist nur los?" Aber Jannas Körper war schlapp und sackte wieder nach unten. Ich sah ihre blau verfärbten Lippen und ihre entsetzten starr blickenden Augen. Ich brauchte eine Ewigkeit, um zu begreifen, dass meine geliebte Janna nicht mehr lebte, ließ mich auf dem Boden neben ihr nieder, schluchzte und weinte. Dabei verlor ich jegliches Zeitgefühl. Es war schon stockduster draußen, als ich langsam wieder zu mir kam. Ich entzündete mehrere Kerzen und stellte sie in der Hütte auf. Dann setzte ich mich neben Janna und überlegte, was jetzt zu tun war. Dabei entdeckte ich die geschenkte kleine Flasche. Sie war jetzt offen und der Verschluss lag etwas daneben. Warum hatte sie die Flasche geöffnet, fragte ich mich. Hatte diese etwa mit Jannas Tod zu tun? Hatte am Ende mir der Tod gegolten? Ein gewaltiger Schauer überfiel mich, ließ mich erzittern und frieren. Wahrscheinlich ja! Jemand wollte meinen Tod. Aber warum? Wem hatte ich etwas angetan, wen erzürnt? Was nur war es wert, mich zu töten? Wem hätte ich schon schaden können? Plötzlich überfluteten mich unzählige Fragen und ich wurde wütend auf das Fest, auf die Menschen und fremdartigen Wesen dort, bis ich wieder zusammenbrach, weinte und der Schlaf mich irgendwann überkam.
Der nächste Tag war ein wundervoller Sommertag, an dem ich Janna nicht weit von der Hütte begrub. Ich legte ihr das

hübsche Kleid an, flocht aus Blumen Kränze und füllte ihre kleinen Ledersäckchen mit allerlei Kräutern. Ihren Lieblingsstein, einen Bergkristall, legte ich ihr in die Hände und verschloss sie fest. Sie sollte nicht ohne diese Dinge gehen. Liebevoll streichelte ich ihr nochmals übers Gesicht, bevor die Erde sie haben sollte. Dann fing ich an zu beten, zu singen und zu weinen, und wusste, dass die warmen Sonnenstrahlen sie erfreut hätten.
Langsam zog der Herbst in den Wald hinein. Ich mochte die farbenfrohe Pracht, die die Natur jedes Jahr vollbrachte. Dass Janna von mir gegangen war, tat mir jeden Tag sehr weh. Ich vermisste sie so sehr. Dennoch hatte ich mir nach und nach meinen eigenen Tagesrhythmus aufgebaut. Jetzt wollte ich gerade in den Wald, es war Zeit noch einige Wurzeln und Beeren heimzubringen, damit ich gut über den Winter kommen würde. Seit Janna nicht mehr da war, ging ich auch andere Wege in den Wald hinein. Ich lief gerade auf eine große Lichtung zu, wo ich ein paar Tage zuvor Weißdornbäume hatte stehen sehen. Die Beeren leuchteten schon von Weitem. So stellte ich meinen Korb ab und fing an, die wundervollen Beeren zu sammeln, als ich plötzlich Pferdehufe vernahm. Die Pferde kamen so schnell heran, dass ich keine Chance hatte mich zu verstecken. Vier Pferde mit ihren Reitern umzingelten mich. Ich traute mich nicht hochzublicken. Die Männer lachten und grölten, machten Witze und stießen mich mit ihren Füßen. Einer von ihnen entriss mir meinen Korb und schmiss ihn ins nächste Gebüsch. Weiterhin hielt ich meinen Blick fest nach unten. Jetzt riss mir jemand mein Kopftuch herunter und meine weißen Haare flatterten hervor. Janna hatte mich immer gewarnt, ich solle mein Haare verstecken, sie leuchteten schon von der Ferne und könnten so manchen auf dumme Gedanken bringen.

Als diese Männer meine Haarpracht sahen, schien sich einer von ihnen zu erinnern und er sprach mit tiefer Stimme:
„Ist das nicht die Kleine, von der man im Dorf so viel erzählt hat, die mit den weißen Haaren, die von der Hex geholt wurde?"
Alle stimmten ihm zu und dann kamen zwei von ihnen ganz nah an mich herangeritten, packten mich am Arm und schleiften mich viele Meter hinter ihnen her. Ihr gehässiges Lachen prägte sich sehr tief in meinem Kopf ein. Nach wenigen Metern spürte ich furchtbare Schmerzen. Ich versuchte keinen Ton von mir zu geben, bis ich es dann doch nicht mehr aushielt und schrie. Kurze Zeit später ließen sie mich abrupt fallen und ritten grölend davon. Tränen liefen über mein Gesicht und nur verschwommen nahm ich wahr, dass ein Reiter von ihnen zurückkam. Er stieg vom Pferd ab und hielt mir meinen weggeworfenen Korb hin. Zum ersten Mal blickte ich hoch und sah in zwei braune Augen, die zu einem sehr männlichen, aber fein strukturierten Gesicht hineinpassten. Die Statur des Reiters war sehr kräftig und ich fürchtete mich. Jetzt spürte ich auch das höllische Brennen meiner Wunden am Körper. Ich schaute wieder weg und verabscheute ihn innerlich aufs Tiefste. Von Weitem vernahm ich die Rufe der anderen Reiter. Er hielt mir noch die Hand hin, aber ich drehte mich abermals von ihm ab. Dann stieg er aufs Pferd und ritt davon. Ich versuchte meine Gedanken zu sammeln und schaute an mich herab, wo überall meine Verletzungen brannten. Trotz des Herbstes fand ich in der Nähe noch etwas Spitzwegerich. Ich nahm etwas davon ab, steckte es in den Mund und kaute darauf, bis es breiig wurde. Diesen Brei schmierte ich mir auf meine Wunden und umwickelte diese wie auch meine Füße mit den Blättern. Einiges fiel natürlich nach einigen Metern wieder herab, aber der Brei desinfizierte und kühlte meine

Wunden zunächst. In der Hütte angekommen, machte ich ein Feuer, kochte mir einen Weidenrindentee gegen die Schmerzen und wusch meine Wunden aus. Noch am selben Tag erstellte ich eine Salbe aus Fett und Beinwellwurzeln, die ich später aufbringen würde. Erst jetzt war mir bewusst, wie viel die alte Janna mir beigebracht hatte. Ich konnte mich alleine versorgen. Die Schmerzen wurden langsam weniger und ich lag ruhig vor dem Feuer. In Gedanken wiederholte sich der Vorfall immer wieder. Warum nur hatten sie so viel Hass auf mich und warum war der eine zurückgekommen, um mir anscheinend zu helfen? Ich war verwirrt, denn wir hatten hier oben eigentlich nie Besuch gehabt und ich war auf so viel Hass nicht vorbereitet gewesen. Ich verstand nicht, was an mir so furchtbar war, warum die Menschen Angst zu haben schienen und einige es eben sogar versuchten mich zu töten.

Am nächsten Tag machte ich mich auf zu der Höhle, in der Janna und ich öfters gewesen waren. Damals war ich hier versunken und hatte in meinem Gebet diesen Drachen gesehen. Vergessen konnte ich ihn nie, dennoch hatte ich es bisher nicht geschafft, ihn erneut zu sehen. Einmal in der Woche aber, so hatte ich es mir vorgenommen, wollte ich hierher und es versuchen, aber auch dieses Mal hatte ich kein Glück. Vielleicht waren meine Gebete zu einfach oder nicht richtig oder ich wollte es einfach zu krampfhaft. Enttäuscht machte ich mich wieder auf den Heimweg und pflegte meine Wunden.

Einige Wochen später hatte der Winter bereits Einzug gehalten. Dieses Jahr erschien er mir kälter als die Jahre zuvor. Ich hatte mich dran gewöhnt hier alleine zu wohnen, dennoch vermisste mein Herz etwas. Ich erwischte mich schon dabei

Selbstgespräche zu führen, konnte mich aber noch nicht dazu entscheiden, von hier wegzugehen. Ob es die Angst war etwas Neues zu entdecken, wusste ich nicht, oder vielleicht war es auch die Angst vor neuen Anschlägen. Aber wenn diese Männer es wieder vorhatten, dann würden sie auch bis hierher kommen. Im Moment war es doch hier oben ganz ruhig, dachte ich und erschrak aus meinen tiefen Gedanken, als es plötzlich laut wurde draußen. Heftig hämmerte es an der Tür. Wegen des Geräusche dämpfenden Schnees hatte ich nicht mitbekommen, dass sich jemand genähert hatte. Ich vernahm mehrere Männerstimmen, die hastig durcheinandersprachen. Innerlich verkrampfte ich mich und mein Herz pochte bis zum Hals, denn sie kam mir bekannt vor. Hastig überlegte ich, was ich tun sollte, fand aber keine Antwort. Es hämmerte immer aufdringlicher gegen die Tür. Plötzlich ging sie auf und im Licht des Feuers sah mich ein verzerrtes Gesicht an, und im Dunklen draußen waren drei weitere Männer. Es mussten diese vier Männer aus dem Wald sein. Sie traten ohne zu fragen herein und erst jetzt sah ich, dass sie einen von ihnen hineinschleppten.
„Wo kann ich ihn ablegen, er ist schwer verletzt", fragte mich der größte von allen mit barscher Stimme. Ich sah, wie einer an ihnen schlapp herabhing. Mein Finger zeigte auf eine Liege, es war die von Janna gewesen. Sie legten ihn darauf und drehten sich eiligst zu mir um.
„Können wir ihn hierlassen?", fragte der Große wieder.
Ich war durcheinander. Ob sie wussten, wen sie gerade vor sich hatten?
„Hör zu, Hexe, warum auch immer du hier oben wohnst, es hat uns heute Nacht nun mal hierhergebracht. Unser Freund hier ist schwer verwundet. In unserem Dorf ist große Aufruhr und wir müssten dringend wieder zurück, um den anderen zu

helfen. Wir können ihn aber nicht mitnehmen, er würde den Rückweg nicht überleben und wir würden nur aufgehalten werden", sprach er ohne Luft zu holen und jegliche Emotion zu zeigen.
„Wirst du, Hexe, ihn nun versorgen?", mischte sich der andere ein, dessen Gesicht schon recht verfroren aussah.
Ich fühlte mich in die Ecke gedrängt, sah auf den Verletzten und bemerkte, dass es der Mann war, der mir damals im Wald die Hand gereicht hatte. Komisch, da stach plötzlich etwas in meinem Herz, ein Gefühl, das ich bisher gar nicht gekannt hatte. Ich drehte mich um und nickte einfach nur. Ich spürte, dass sie mir dieses Mal nichts antun würden.
„Gut, Hex! Versorge ihn gut, wir brauchen ihn noch und verhexe ihn ja nicht!" Der Anführer drehte sich hastig zu den anderen beiden um und alle verließen tatsächlich umgehend wieder meine Hütte.
Mir schlotterten die Knie und ich verriegelte die Tür von innen. Dann ging ich langsam auf diesen Mann drauf zu. Ich hielt eine Kerze über ihn und sah nun, dass ich dringend etwas für ihn tun musste. Mein Verstand schaltete sich ab und ich agierte nur noch instinktiv. Seine Schulter war verletzt, sein Bein gebrochen und an mehreren Stellen abgeschürft. Ich schnitt mit einem Messer seine Kleidung vorsichtig auf, denn ihn auszuziehen hätte ihm zusätzlich wahnsinnige Schmerzen verursacht. Er war sehr unruhig, jedoch bei Bewusstsein. Ich säuberte etwas die Wunde an der Schulter und sah einige tiefe Splitter darin stecken, die ich nach und nach entfernte. Der Schmerz aber überkam ihn so stark, dass er ohnmächtig wurde. Ich arbeitete zügig und dennoch sorgfältig weiter. Nach dem Säubern presste ich Kräuter auf die Wunde und verband die Stelle mit sauberem Lein. Auch das Bein war aufs Übelste zugerichtet. Das Schienbein war gebrochen, die Haut sah

tiefblau aus. Ich erinnerte mich an Jannas Übungen, die ich oft für unnötig gehalten hatte. Jetzt kamen sie mir jedoch wichtiger vor als je gedacht. Damals hatte mir Janna an jungen Bäumen und alten Ästen gezeigt, wie Brüche aussahen und wie man das Alter damit bestimmen könnte, und wie man die Brüche richtete und heilte. Vor mir lag ein junger Mann, aber kein kleines Kind mehr, also war der Bruch demnach durch. Wollte man junge Äste brechen, dann konnte man sie nur biegen, die Außenschicht blieb immer heil, aber ganz tief innen brach es. Je älter man wurde, desto dünner wurde die Außenhaut und umso mehr Knochenmasse brach. Noch war er ohnmächtig, die beste Zeit dafür, auch noch das Bein zu richten und zu versorgen, dachte ich mir. Trotz der Ohnmacht reagierte er, es musste furchtbar sein, und ich fühlte mit. Dann salbte ich das Bein mit Beinwellwurzelsalbe. Ich war froh diese noch im Haus zu haben. Beinwell kann Knochen heilen und schwere Unterblutungen vertreiben. Zudem nahm es etwas von den Schmerzen, da es kühlte. Ich legte rechts und links des Beines stärkere Holzäste an und verband dann auch das Bein. Die anderen Abschürfungen sahen schlimmer aus, als ich vermutet hatte. Das viele Blut, das ich wegwusch, gab den wahren Blick auf die Wunde frei. Was war nur passiert? Ich ging hinüber zum Herd und fing an Tee gegen seine Schmerzen zu kochen. Immer wieder schaute ich zu ihm hinüber. Sein Kopf bewegte sich manchmal wild hin und her und dann war er wieder ruhig. Ich setzte mich neben ihn auf einen Stuhl und starrte ins Feuer. Langsam kam ich wieder zu mir, wurde ruhiger und versuchte die Lage einzuschätzen. Unten im Dorf kämpften sie also. Gegen wen wohl, fragte ich mich. Wie hatten sie die Hütte gefunden und würden sie erneut hier auftauchen? Ich hatte viele Fragen und Gedanken und schlief nach einigen Stunden darüber ein.

Ein starkes Jammern weckte mich auf. Der Mann war sehr unruhig und jetzt bei Bewusstsein. Ich sprang auf und kniete mich zu ihm nieder.
„Ruhig, bleib ruhig, sonst schmerzt es noch mehr“, so versuchte ich ihn zu beruhigen. Dann stand ich auf, holte den Tee und trotz der starken Schmerzen nahm er ihn schluckweise auf. Nach geraumer Zeit fiel er wieder in einen unruhigen Schlaf. Draußen wurde es langsam hell. Ich nutzte seinen Schlaf, um die Wundverbände zu wechseln und neue Salbe und Kräuter aufzutragen. Ich war froh, genug davon übers Jahr gesammelt zu haben, sodass ich jetzt aus dem Vollen schöpfen konnte. Die Wunde an der Schulter sah nicht besonders gut aus. Meine ärgsten Befürchtungen wurden wahr und schon am Nachmittag fing er an zu fiebern. Nun hatte ich bald rund um die Uhr zu tun. Der Schnee draußen machte es mir leicht, kaltes Wasser zu haben, um Tücher hineinzutauchen und ihn damit zu kühlen. Regelmäßig schaute ich unter die Verbände, und aus der Schulterwunde quoll schlechtes Blut heraus. Es schien, als ob die Kräuter es förmlich herauszögen. Das Bein bekam immer mehr buntere Farben dazu und war sehr angeschwollen. Einmal am Tag verräucherte ich Kräuter in der Hütte, besonders Rosmarin. Janna hatte immer gemeint, das ziehe die Krankheit aus allen Ecken und vertreibe sie. Nicht nur, dass dies gut roch, die Atmosphäre war nach dem Räuchern tatsächlich immer angenehmer. Danach kniete ich mich neben ihn und betete. Ich hatte immer zugehört, wenn Janna dies bei mir getan hatte. Oh, wie ich Janna doch vermisste. Sie hatte mir doch mehr gelehrt, als es mir immer bewusst gewesen war. Ich nahm die Hand des Mannes in die meine, schloss die Augen und sprach in Gedanken zum Himmel hoch. Ich rief Gottvater und Gottmutter an und bat um Heilung für diesen jungen Mann, dessen Namen ich nicht

einmal kannte. In Gedanken stellte ich mir vor, wie sich seine Wunden nun reinigten und abheilten. Manchmal versank ich so tief im Gebet, dass ich plötzlich erschrocken war, wie heiß unsere Handflächen wurden. Ich vergaß nicht Danke zu sagen, so wie es Janna auch immer getan hatte, und legte seine Hand wieder zurück auf seinen Bauch. Wenn er zwischendurch etwas zu sich kam, gab ich ihm abwechselnd verschiedene Kräuter als Tee, mal von der Weide und mal eine Mischung aus vielen Pflanzen. So bekam er Schmerzmittel und zusätzlich etwas, was seinen ganzen Körper stärkte. Es verging Tag für Tag und nach einer langen Woche des Bangens öffnete er zum ersten Mal für längere Zeit die Augen. Im Tageslicht erkannte ich seine braunen Augen wieder. Er versuchte sich hinzusetzen, brauchte dazu aber noch Hilfe von mir. Bald schon lag er wieder. Die Zeit des Verbandwechselns stand an. Ruhig blieb er liegen und verfolgte neugierig meine Hand. Seine Schulter war nicht mehr so heiß und rot wie zuvor. Sein körperlicher Zustand besserte sich allmählich. Sein Bein hatte nun die Farben von Rot bis Grünlich bekommen, aber die Schwellung war nach dem Kühlen gut zurückgegangen. Aus den Schnittwunden waren mittlerweile gut aussehende Schürfwunden geworden, die ich aber noch jeden Tag mit der Salbe beschmierte. Da er nun immer öfter länger wach war und das Fieber sich allmählich verzog, kochte ich eine leichte Suppe. Am Anfang waren es nur vier bis fünf Löffel voll, die er einnahm, aber er steigerte sich bei jedem Versuch und dies tat ihm sichtlich gut. Ich staunte darüber, dass er mir keine Fragen stellte, sondern mich nur mit seinen Augen verfolgte.

Es vergingen weitere Tage und nach und nach versuchte er sich häufiger aufzusetzen, aufzustehen und sich zu bewegen. Es langweilte ihn und gerne hätte er wohl etwas Richtiges getan,

aber dazu war er noch viel zu schwach. Es war komisch für mich, wieder zu zweit in der Hütte zu sein. Noch immer hatten wir eigenartigerweise nicht miteinander gesprochen. Ich blieb einfach dabei. Bestimmt war er eh bald weg und dann war es vielleicht besser so, dachte ich öfters.
Da sein Bein weiter geschient bleiben musste, konnte er natürlich nicht den weiten Weg in das Dorf hinunter schaffen, zudem auch immer noch Schnee lag. Seine Hände suchten Arbeit und so nahm er sich ein Stück Holz in die Hand und fing an zu schnitzen. Mir schien es so, als wüsste er nicht, was er dort abschnitt oder bohrte, dennoch entstand aus dem Holzklotz nach und nach eine gut aussehende Figur. Zumindest hatte er ein wenig Beschäftigung, dachte ich mir so.

Der Frühling kam in diesem Jahr besonders früh ins Land. Die Tage wurden wieder länger und der Schnee fing an, auch in der oberen Region zu schmelzen. Ich beäugte, wie der Mann immer wieder mit seinem Bein Laufen übte und mit seiner Schulter komische Übungen vollbrachte. Manchmal hätte ich am liebsten laut drauflosgelacht, verkniff es mir aber dann doch im letzten Augenblick. Ab und an schien er es zu merken, sagte aber nie ein Ton. Oft fragte ich mich, ob er bei seinem Kampf damals die Stimme verloren hatte. Aber wir kamen auch ohne sie gut zurecht. Unsere Blicke reichten zur Verständigung aus. Das war eine andere und irgendwie schöne Erfahrung. Ich war dankbar, dass er mithalf, etwas Holz zu zerkleinern, denn der Holzvorrat ging allmählich zu Ende. An einem der nächsten schönen Frühlingsmorgen stand er plötzlich vor mir und mir war klar, dass er jetzt den Weg in sein Dorf nehmen würde. Ja, ich kann sagen, es lag eine Aufbruchsstimmung in der Luft. Er nahm meine Hand in die seine und schaute mir lange und tief in die Augen. Am Anfang

war ich sehr verlegen, dann stellte ich mich seinem Blick. Seine braunen Augen waren sehr klar geworden, ja sie glitzerten fast etwas. Jetzt schloss er seine Augen, senkte seinen Kopf nach unten und küsste meine Hände. Dann blickte er hoch und küsste meine Stirn. Ich regte mich nicht von der Stelle. Er ließ meine Hände nach unten gleiten, drehte sich um, gab mir die wundervolle geschnitzte Figur und verließ die Hütte. Ich ging zur Tür und schaute ihm nach, wobei ich einen tiefen Stich im Herzen verspürte. Es war ein mir unbekanntes Gefühl.
Plötzlich schaute er sich um und rief mir zu:
„Mein Name ist übrigens Fosco!"
Dann drehte er sich wieder um und ging in den Wald, zu dem Weg, der nach unten ins Dorf führte. Schon vor Tagen hatte ich ihm den Weg aufgezeichnet und hoffte, dass er nun auch alles finden würde. Ich schloss die Tür und öffnete meine Hand. Da lag sie nun, die Figur, die eine zierliche Frau zeigte mit einem ... meine Gedanken begannen zu stottern ... mit einem Drachen. Ich rannte nochmals zur Tür, aber da war er schon nicht mehr zu sehen.

Es fiel mir schwer, nach seinem Weggehen wieder in meinen gewohnten Lebensrhythmus zu kommen. Auch wenn wir uns nicht unterhalten hatten, so war er doch anwesend gewesen. Es war ein gutes Gefühl gewesen, ein Gefühl der Sicherheit, der Wärme und Geborgenheit. Dennoch raffte ich mich auf und ging sogar wieder regelmäßig hinauf zur Höhle. Solange Fosco hier gewesen war, hatte ich es vermieden dort hinzugehen. Schließlich war er anfangs zu sehr verletzt gewesen und ich hätte ihn nie alleine gelassen. Später war der Weg hinauf zu sehr vereist und überhaupt hatte ich kein gutes Gefühl, dass ein Fremder die Möglichkeit bekam, unsere Höhle zu betreten. Ich hatte den Ausblick von hier oben vermisst. Bis ins Tal, aber nicht bis zum Dorf konnte ich von hier oben blicken. Zu gerne hätte ich gewusst, was sich alles im Dorf ergeben hatte. Da aber alles ruhig zu sein schien, ging ich nach und nach meinen gewohnten Arbeiten nach. Die Zeit verflog. Manchmal dachte ich an das Fest zur Sommersonnenwende, denn dieser Tag nahte wieder. Ich überlegte krampfhaft, ob ich den Ort wiederfinden würde und wenn ja, ob ich dort überhaupt nach dem auf Janna verübten Anschlag willkommen wäre . Vielleicht nahmen sie ja auch an, ich wäre bereits tot und sie erwarteten die alte Janna auf dem Fest. Ich beschloss lieber kein Risiko einzugehen.

An einen sehr heißen Sommertag ging ich tiefer in den angenehm schattigen Wald. Ich ruhte im hohen Gras und sah in den Himmel. Vereinzelt waren kleine Wolken zu sehen und es machte Spaß, in ihnen irgendwelche Gebilde oder sonst was zu erkennen. Sah das da hinten nicht wie ein Stuhl aus? Ich stellte mir vor, wie Wolkenriesen auf so einem Stuhl sitzen würden, und lächelte vor mich hin. Eine Wolke später kam ein Drachenkopf auf mich zu. Nun war er direkt über mir und ich war fasziniert von der Ähnlichkeit mit meinem damals gesehenen Drachen. Als ich dann auch noch anfing, die damalige weibliche Stimme wahrzunehmen, war ich völlig verdutzt. Sah und hörte ich das jetzt wirklich oder bildete ich mir das nur ein? Aber die Stimme war sehr fordernd gewesen, so als ob ich aufhören sollte zu zweifeln. Ich legte mich zurück ins Gras und schloss die Augen, um mich auf die Stimme zu konzentrieren, die jetzt zu mir sprach:
„Chaido, geh heim, beeile dich, etwas Furchtbares wird passieren, steh auf, renne heim, aber sei ja auf der Hut.“
Ich öffnete die Augen, schaute hinauf zu der Wolke, die aber plötzlich verschwunden war. Was sollte ich tun? Sollte ich

gehen, sollte ich bleiben? Ich entschloss mich zu rennen und den kürzesten Weg nach Hause zu nehmen.

Total verschwitzt und mit pochenden Schläfen erreichte ich die Hütte, aber alles war wie zuvor. Ich setzte mich gerade auf die Bank vor der Hütte, als ich Hufschläge vernahm und ich ahnte im tiefsten Inneren, dass es nur die Männer von damals sein konnten. Wie recht ich hatte. Wenige Atemzüge später standen sie vor mir, aber dieses Mal nur zur dritt. Fosco war nicht dabei. Was wollten die Männer wohl von mir? Sie stiegen von den Pferden und forderten mich im scharfen Tonfall auf in die Hütte zu gehen. Noch immer war mir nicht klar, was sie von mir wollten. Hatte ich ihnen denn im vergangenen Winter nicht geholfen? Aber da war ja auch das erste Treffen gewesen und nur zu gut hatte sich dies in meinem Gedächtnis verankert. Sie hatten mir sehr wehgetan, mich mit ihren Worten gedemütigt und mit ihrem abscheulichen Lachen verängstigt. Hatten sie mich nicht immer Hexe genannt? Ich ahnte Schlimmes, aber wusste gerade keinen Weg ihnen zu entkommen. Der größte von ihnen kam wieder auf mich zu, mit seinen Freunden gleich im Rücken als Verstärkung. Er schubste mich mitten in die Hütte hinein.
„Wo ist Fosco? Was hast du mit unseren Freund gemacht, Hexe? Wir hatten ihn hiergelassen in der Annahme, du würdest ihn heilen! Und nun, nun ist er nie wieder aufgetaucht! Wir haben geglaubt, er wäre noch bei dir, hier oben in der Hütte. Hast du wirklich geglaubt, wir würden den Weg hierher nicht mehr finden?“ Er redete sich in Zorn und auch seine Freunde sahen sehr kampfeslustig aus.
Ich schüttelte den Kopf, „Nein, nein, er ist gegangen, im Frühjahr. Er war wieder gesund, ich schwöre es!“, kam es zitternd aus mir heraus.

Sie schwiegen kurzzeitig, aber dann sagte der Mann mit der tiefsten Stimme:
„Denke daran, sie ist eine Hexe, du weißt, was man sich alles über sie erzählt. Garantiert hat sie Fosco heimlich mit den falschen Mitteln behandelt und ihn sterben lassen, damit sie wieder alleine ist. Schaue dich doch nur hier um! Überall kleine Fläschchen, Holzkästchen, Kräuter und all diese Dinge, das ist eine Hexe, sie hat ihn sterben lassen. Und wer weiß, es soll ja auch Hexen geben, die ihre Opfer auffressen."
Er ging zu den Regalen und riss nach und nach alles auf den Boden. Tinkturen gingen zu Bruch, Kräuter landeten auf dem Boden und all meine lieben Köstlichkeiten wurden einfach entweiht. Ich zitterte am ganzen Leib, konnte kaum stehen. Aus ihren Augen funkelte der blanke Hass. Sie wollten sich rächen und ihre Wut ablassen, egal, ob es nun noch einen Fosco gab oder nicht. Ich bekam wahnsinnige Angst. Wie konnte ich dieser Situation noch entkommen?
Zwei von ihnen zertrümmerten alles, was sich in der Hütte befand. Der Große schubste mich in die Ecke und schlug mir ins Gesicht.

„Weißt du, was man mit Hexen macht? Nein? Heute, Hexe, wirst du brennen!", und er lachte und lachte auf seine ekelhafte Art und Weise. Die anderen beiden stimmten mit ein und alle standen jetzt bei mir. Jemand zückte ein Messer und kam mir damit viel zu nahe. Er zog meinen Kopf an den Haaren herunter und schnitt mir die Haare ab. Ich schrie vor Schmerzen und verspürte eine wahnsinnige Panik in mir hochsteigen. Dann schlug er mit der Faust in mein Gesicht und ich ging zu Boden. Wie von ganz weit her bekam ich noch mit, wie mich Füße traten, die Männer dann an mir vorbeiliefen und endlich die Hütte verließen. Ich meinte schon alles

überstanden zu haben, als ich den intensiven Geruch von brennendem Holz und Kräutern wahrnahm. Sie brannten also meine Hütte ab, realisierte ich noch. Starker Rauch breitete sich schnell in der Hütte aus.
Die Männer standen noch kurz vor der Hütte. Sie vergewisserten sich, ob alles auch richtig brannte, dann schwangen sie sich auf ihre Pferde und ritten grölend davon.

Fosco hatte den Weg in Richtung des Dorfes gut wiedergefunden. Doch als er den Heimweg antrat, war er sich gar nicht mehr so sicher, ob er dahin wieder zurückkehren wollte. Was hatte ihn zu erwarten? Als er damals mit seinen Freunden aufgebrochen war, um Verstärkung zu holen, war seine gesamte Familie bereits von einer eigenartigen Kreatur, einem Drachen, getötet worden. Der Drache hatte sich nachts heimlich in das Dorf geschlichen, Hütten zerstört und Lebewesen getötet. Er hatte jemand gesucht, aber niemand wusste, wen. Seine Freunde und er hatten dem Drachen in den Wald hinterhergejagt, dabei hatte Fosco einen Flügelschlag abbekommen und war in hohem Bogen ins Gebüsch geflogen. Sein Bein war schwer getroffen worden und ein gewaltiger Ast war auf seine Schulter geprallt. Er hatte kurzzeitig das Bewusstsein verloren und als Nächstes hatte er bemerkt, dass seine Freunde ihn durch den Wald geschleppt hatten. Was konnte ihn also im Dorf erwarten? Ein Zuhause besaß er nicht mehr. Seine Freunde hatten ihm zwar das Leben gerettet, aber er hatte nun auch die gute Seite von Chaido kennengelernt und wusste, dass er niemals so handeln könnte wie seine Freunde damals im Wald, als er das erste Mal auf Chaido getroffen war. Er hatte sich in den letzten Wochen verändert,

war in sich gekehrter und nahm viele Dinge jetzt viel bewusster wahr als zuvor. Er achtete mehr die Natur, die Pflanzen und Tiere, und verspürte mit all dem eine Verbundenheit, die er zuvor nie so gehabt hatte. Er war selbst verwundert über seine jetzigen Gedanken.
„Vielleicht hat Chaido mich ja doch verhext", sprach er leise vor sich hin und lächelte dabei.

Kurz vor dem Dorf machte er halt, schaute eine Weile dorthin und drehte sich dann doch wieder um, um in den Wald zurückzugehen. Er beschloss im Wald zu bleiben, ein Stück zu wandern und herauszufinden, wo sein zukünftiger Weg hinführen sollte. In Gedanken ging er oft zu Chaidos Hütte zurück. Er bemerkte, wie sein Herz an ihr hing und wie sehr er sie doch vermisste. Warum er nie ein Wort zu ihr gesprochen hatte, wusste er selber nicht, es war einfach nicht nötig gewesen. Alles hatte einfach so geklappt, auch ohne Sprechen. Er war verzaubert von ihrer leichten Art zu leben und das Leben zu tragen. Ihrem Wissen, was Pflanzen betraf, stand er mit großem Respekt gegenüber. Einige Wochen schlich er im Wald umher, um zu sich selbst zu finden, und beschloss eines schönen Sommertages nun doch, den Weg zurück zu Chaidos Hütte zu nehmen und ihr zu sagen, was er fühlte. Je näher er aber der Hütte kam, umso mehr vernahm er den Geruch von Feuer und sah ihn plötzlich von Weitem aufsteigen. Er hoffte, es würde nur ein kleines unbedeutendes Feuer sein, aber er spürte eine merkwürdige Unruhe in sich und seine Beine trugen ihn immer schneller aufwärts der Hütte zu. Er bemerkte, dass der Feuerschein genau am Platz der Hütte erstrahlte. Am Ende ging er nicht mehr nur zügig, sondern er rannte. Er hatte panische Angst, Chaido könnte etwas zugestoßen sein, rief nach ihr, aber er erhielt keine Antwort.

Die Hütte brannte lichterloh. Er konnte nicht mehr hinein, es war zu spät. Fast zerriss es ihm das Herz und er hoffte, dass Chaido nicht in der Hütte war. Völlig erschöpft ließ er sich abseits nieder. Nach einer ganzen Weile, die Hütte war bereits in sich zusammengefallen und glühte noch, stand er auf und sah in den verkohlten Haufen hinein. Plötzlich überlegte er, ob hier auch der Drache gewütet haben könnte. Wut kam in ihm hoch. Verzweifelt schlug er mit seinen Fäusten gegen einen Baum und Tränen rannten über sein Gesicht. Er sank zu Boden. Hier war nichts mehr, was er tun könnte; es gab keine Hütte, keine Chaido und im Dorf keine Familie mehr. Nur mühsam konnte er aufstehen und mit wehen Blicken den Weg zurück in den Wald aufnehmen. Plötzlich sahen seine Augen etwas Helles auf dem Boden liegen. Er traute seinen Augen nicht, aber in seinen Händen hielt er die langen Haare von Chaido. Chaido, liebe Chaido, was war nur mit ihr passiert, hämmerte es in seinem Kopf, wäre ich doch nur hiergeblieben, hier bei ihr. Mit den Haaren in der Hand wurde ihm bewusst, dass sie nicht mehr am Leben sein konnte, dass sie in der Hütte verbrannt war und dass auch keine Kreatur hier oben gewütet hatte. Voller Schmerz band er die Haare zusammen und steckte diese in seinen kleinen Lederbeutel, um immer ein Andenken an seine Chaido mit sich zu führen. Mit schweren Schritten ging er ziellos in den Wald hinein.

Ich brach in der Hütte zusammen, zu schnell kam das Feuer von allen Seiten auf mich zu. Ich verlor meine Kräfte und meinen Verstand. Auf dem Fußboden liegend schlossen sich meine Augen. Helles Licht umflutete mich plötzlich und ich spürte keine Schmerzen. Von Weitem sah ich jemanden auf

mich zukommen und war umso überraschter, dass ich meine alte Janna wiedersah. Ach, was wurde mein Herz leicht, was freute ich mich sie zu sehen. Aber Janna schien irgendwie in Eile zu sein.
„Chaido, du musst zurück! Dreh dich um und gehe, du bist noch nicht dran, hier bei mir zu sein. Ich liebe dich wie eine eigene Tochter, aber gehe jetzt, wach auf und gehe, es wird höchste Zeit. Schleppe dich zu unserer Höhle, bleibe dort bis zum nächsten Vollmond und schaue ganz hinten in unserer geheimen Ecke nach! Dort habe ich ein Kästchen versteckt, öffne es und nehme an dich, was sich darin befindet. Versprich es, Chaido! Und nun geh, geh, los, du sollst gehen!“ Janna fuchtelte wild mit ihren Armen.
Verwirrt hörte ich Janna zu und war verwundert, wie vehement sie mich wegschickte. Plötzlich war Janna weg; alles war neblig und roch komisch. Ein tiefer, tiefer Atemzug, gefolgt von einem Husten, machte mich wieder wach und ich spürte heiße Wellen um mich herum. Ich schleppte mich voller Panik zur Tür und hoffte, die Männer hätten sie nicht von außen verkantet. Ich hatte Glück, es war furchtbar heiß, aber trotz der Hitze ließ sich die Tür tatsächlich noch öffnen und so schleppte ich mich hinaus. Woher ich die Kraft nahm, den Weg hinauf zur Höhle zu schaffen, war mir unklar. Ich war auch nicht in der Lage darüber nachzudenken. Ich wollte nur hoch und mich in Sicherheit bringen. Oben angekommen, rollte ich mich wie ein Igel ein und brach zusammen.

Viele, viele Stunden musste ich so gelegen haben. Beim Aufwachen fror ich, es war dunkel und kalt geworden. Noch immer spürte ich tief in mir diese Panik vor dem Feuer und mein Körper zitterte. Der Mond war schon fast kugelrund und so bekam ich Licht, um wenigstens etwas zu sehen. Zum Glück

gab es hier eine Art Notfallset, was Janna und ich einmal angelegt hatten. Dieses enthielt kleine und größere Holzstücke. Ich überlegte lange, ob ich ein Feuer machen sollte oder nicht, denn schließlich hätte mich eben fast eines verbrannt. Aber ich fror so sehr, dass ich mich doch dazu entschied. Mit etwas Holz begann ich ein kleines Feuer zu machen, denn ich brauchte jetzt dringend Wärme.
Janna hatte vor jedem Weggehen von der Höhle gesagt, dass wir noch Holz für das nächste Mal sammeln und bereitlegen sollten. So konnte es trocknen und wenn wir wieder hier hochkämen, wäre bereits für ein Feuer gesorgt. Jetzt kam mir dies sehr zugute und in Gedanken dankte ich Janna für diese Idee. Bald schon konnte ich mich am Feuer wärmen und mein Körper wurde allmählich ruhiger. In mir kamen die Bilder von Janna wieder hoch und ich erinnerte mich auch an ihre anderen Worte. Hatte Janna nicht davon gesprochen, in unserer geheimen Ecke würde ein Kästchen sein? Der Gedanke ließ mich nicht wieder los. Da Mond und Feuer genug Licht in die Höhle warfen, begab ich mich zur hintersten Ecke der Höhle. Im dämmrigen Licht sah ich doch nicht so viel, wie ich gehofft hatte. Ich tastete also mehr mit meinen Händen die Wand und Ecken ab. Plötzlich fühlte es sich unter meinen Fingern nach Holz an. Ich versuchte noch näher zu kommen und brauchte schon etwas Kraft, um das kleine Kästchen hervorzuziehen. Ich ging damit zum Feuer und betrachtete es. Es war wundervoll verziert und eine wirklich sehr schöne Arbeit. Auf dem Boden des Kästchens war ein Pentagramm zu erkennen. Bestimmt sollte es dieses Kästchen hier schützen. Eine ganze Weile saß ich so mit dem Kästchen in der Hand da und sinnierte, was da wohl drin sein mochte. Ich hatte keine Idee. Neugierig fing ich an am Verschluss zu fummeln. Es zu öffnen war gar nicht so einfach, aber vielleicht war ich auch

einfach nicht die Ruhigste in dieser Nacht. Nachdem es dann geöffnet vor mir lag, nahm ich etwas Schweres in einem Leinentuch gewickelt heraus. Vorsichtig legte ich es vor mir hin und stellte das Kästchen weg. Ich spürte mein Herz pochen. Was mich jetzt wohl erwartete? Zuerst schlug ich eine Ecke des Tuches herab, dann eine weitere. Ich sah etwas herausglänzen. Nach einer weiteren Ecke sah ich es in voller Pracht vor mir glänzen, glitzern und mich im Schein des Feuers geradezu blenden: ein Schädel aus Bergkristall! Ich traute mich gar nicht ihn zu berühren. Ich staunte sehr, denn so etwas hatte ich bei Janna zuvor noch nie gesehen. Was hatte sie damit wohl nur gemacht, fragte ich mich. Der Schädel war etwas kleiner als meine Faust. Ich legte ihn in meine Hand, konnte sie aber nicht ganz schließen. Er fühlte sich kalt an, wurde aber zunehmend wärmer. Schnell packte ich ihn wieder in das Tuch und hüllte ihn ein. Dann nahm ich das Kästchen, aber als ich es hochhob, war ich verdutzt, dass es noch so schwer war. Ich schaute hinein, aber es war leer, nichts zu sehen. Dann drehte ich es um und besah mir das Pentagramm. Meine Finger glitten über die Zeichnung und, da, der Boden verschob sich etwas. Ich schob den Rest nun auch zur Seite und entdeckte Jannas magischen Schlüssel, den sie zum Mittsommerfest, dem Lithafest, benutzt hatte, um durch den Baum gehen zu können. Es lag ein Zettel dabei mit dem magischen Spruch:

Hier leg ich nun das Pentagramm
Und übergib die Macht auf den Eichenstamm
Soll Magie die Nacht bewegen
Und niemand sich wehren dagegen.

Ich fing an zu weinen, weil ich an die Zeit denken musste, als alles noch so schön gewesen war. Warum hatte man das uns damals angetan? Trauer und Wut vermischten sich in mir. Vorsichtig legte ich den magischen Schlüssel, der aus einem Edelstein gemacht war, zurück an seinen Platz. Diesen würde ich wohl nicht brauchen, denn ich hatte ja meinen eigenen damals erhalten und ihn in einem meiner Verstecke weggelegt. Ich legte auch den Schädel zurück und verschloss das Kästchen. Was sollte ich nur damit machen, grübelte ich. Ich legte mich nah zum Feuer und schlief ganz schnell ein.
Als ich aufwachte, war es bereits hell. Ich schreckte hoch und realisierte erst nach einer Weile, wo ich war. Meine Hand berührte das Kästchen, was sich immer noch neben mir befand, und ich verinnerlichte, dass das alles kein Traum gewesen war. Zum zweiten Mal war ich dem Tod entkommen. Ich stand auf und versteckte das Kästchen an seinem vorherigen Platz. Das Feuer war bereits ausgegangen und so ging ich hinaus, um etwas Wasser von der nahen Quelle zu holen und mir mein Frühstück zusammenzusammeln.
Erst jetzt bei der Quelle bemerkte ich, wie schwarz mein Gesicht noch vom rußigen Feuer war und dass meine Kleidung ebenfalls verrußt aussah. Im Spiegel des Wassers sah ich zum ersten Mal, wie kurz meine Haare jetzt waren. Kurzentschlossen zog ich mich aus und wusch nicht nur mich, sondern auch meine Kleidung. Es war bereits am Vormittag sehr heiß geworden und alles würde schnell trocknen. Das Wasser zu spüren tat gut, und es weckte die Lebensgeister in mir. Mit klarem Verstand konnte ich nun überlegen, was ich weiter machte. Janna hatte noch dringend gesagt, ich solle zur Vollmondzeit das Ritual ausführen, welches wir mal zusammen zelebriert hatten. Gerne wollte ich ihr diesen Wunsch erfüllen. Aber was dann, überlegte ich. Es gab kein Zuhause mehr, keine

Hütte und auch die paar Tiere würden sich nun eine neue Heimat suchen, sofern sie nicht beim Feuer umgekommen waren. Ich hatte nichts mehr, nichts zum Anziehen, keinen Schlafplatz, keine Kräuter, gar nichts mehr. Alles war verbrannt. Aus Angst vor den anderen mochte ich auch nicht zurückgehen. Also beschloss ich, hierzubleiben, bis der Vollmond mich ganz anlächelte. Das würde in zwei Tagen sein und dann müsste ich wohl oder übel vom Berg hinab und mir eine neue Bleibe suchen. Davor wurde mir schon bei dem Gedanken ganz schlecht.

Zwei Tage später zeigte sich der Vollmond in dieser Nacht von seiner besten Seite. Keine Wolke war am Himmel, es war sternenklar und auch nicht kühl. Gemäß Jannas altem Ritual hatte ich den Holzstoß wieder aufgebaut. Ich hatte noch Kräuter gesammelt, etwas Harz vom Baum abgenommen und alles getrocknet. Kerzen fehlten mir heute, aber ich war mir sicher, es würde auch ohne sie gehen, denn schließlich stand der ganze Himmel voller kleiner Lichter. So warf ich die Kräuter und das Harz nach und nach in das Feuer und ich bemerkte sehr schnell, wie sich die Atmosphäre veränderte. Ich setzte mich entspannt auf den Boden und fing an zu beten. Dabei rief ich auch die Göttin Litha an. Irgendwie aber war ich doch unruhig und es gelang mir nicht, mich ganz hinfallen zu lassen. „Was mache ich nur?“, fragte ich mich laut. Da kam mir plötzlich das Kästchen in den Sinn. Genau, ich würde es holen und sehen, was passierte! Schnell stand ich auf, holte das Kästchen aus dem Versteck, setzte mich wieder neben das Feuer und warf weitere Kräuter und Harze hinein. Ich öffnete es und holte den Schädel vorsichtig, fast zaghaft heraus. Trotz seiner geringen Größe erschien er mir einfach gewaltig. Wieder versuchte ich zur Ruhe zu kommen, fing das Gebet von

vorne an, grüßte Gottvater und Gottmutter, bat die Göttin Litha zu mir und hielt diesen Schädel dabei fest zwischen meinen Handflächen. Richtig heiß wurde der Schädel dabei, ohne dass ich mich verbrannte. Ich spürte, wie mein Geist davonzuschweben versuchte. Jetzt wallte der Nebel wieder auf, erst leicht, dann immer dichter werdend. Mutig schritt ich durch ihn hindurch und erreichte wieder die wundervollste Wiese der Welt. So herrlich und üppig blühende Pflanzen gab es hier unten nicht und auch mein wundervoller Baum von damals war nicht von der Stelle gewichen. Hier ging es mir gut, hier fühlte ich mich zu Hause, Wärme und ein Anflug von Geborgenheit lullten mich ein.
„Na, Chaido, so treffen wir uns endlich wieder“, sprach eine bekannte weibliche Stimme zu mir.
Ich drehte mich um und sah den riesigen roten Drachen stehen.
„Warum erschreckst du mich immer so?“, gab ich zurück, war aber überaus erfreut sie endlich wiederzusehen.
„Ja, Chaido, auch das ist so eine Sache, die du noch lernen musst und wirst“, bei diesem Satz lächelte sie sogar. „Wie geht es dir, Chaido? Hast du in deiner Dimension alles gut überstanden?“
Verwundert gab ich zurück: „Ja, nun ja, also ja, ich glaube schon, dass es jetzt gerade wieder gut ist. Ich habe viele Fragen an dich, kann ich sie dir stellen, Dragsia?“
„Frag, Chaido, wir haben heute etwas mehr Zeit füreinander“, kam schon etwas mütterlich zurück.
„Ich sah dich letztens als Wolke schweben und hörte dich, deswegen lief ich nach Hause zurück, wie kann das sein?“
„Das kommt deswegen, Chaido, weil du die Auserwählte bist, du kannst uns hören, sehen und wahrnehmen und die Zeit wird kommen, dass alles das noch intensiver für dich wird.“

„Ja, aber Dragsia, du hattest mich zurückgeschickt und genau dann sind die Männer gekommen, wäre ich an dem Ort geblieben, wäre es mir vielleicht nicht so schlecht ergangen!" Etwas vorwurfsvoll klang mein Gesagtes.

„Nein, Chaido, alles passiert dann, wenn die Zeit reif ist. Wäre die Hütte nicht abgebrannt, würden wir jetzt hier nicht reden. Du kannst nicht ewig dort bleiben und dich verstecken, auf dich wartet etwas Größeres, du wirst gebraucht und das schon recht bald. Bitte vertraue mir. Die Männer wären so oder so wiedergekommen. So aber hast du für dich noch etwas mitnehmen und lernen können." Dragsia blieb ruhig bei den Antworten.

„Gut, vielleicht hast du recht, aber es fühlt sich alles im Moment so schmerzhaft an", sagte ich etwas trotzig und traurig zugleich.

Da berührte mich Dragsia mit ihrem Flügel und ich sah ganz nah ihre schimmernden roten Schuppen.

Dragsia

„Dir gefallen meine Schuppen, nicht wahr?"

„Ja, das stimmt, sie schimmern so fantastisch", gab ich fast träumend zurück.

„Wie recht du hast, Chaido, deswegen habe ich dir auch etwas mitgebracht", sagte sie und gab mir ein kleines Kästchen.

„Darf ich es gleich öffnen?", fragte ich neugierig.

„Öffne es etwas später, du wirst dann schon wissen warum. Für heute ist die Zeit um, sei nicht traurig, andermal werden wir noch länger beisammen sein können." Dragsia schaute mir tief in die Augen.

„Ich bin glücklich, Dragsia, es heute bis hierher geschafft zu haben. Ich freue mich auf dich."

Und so ging der Drache wieder in den Nebel hinein. Ich bemerkte, wie alles um mich herum verschwand und der Nebel immer dichter wurde. Aber noch kehrte ich nicht heim, kam nicht zurück. Ich irrte durch den Nebel hindurch, als plötzlich Janna vor mir stand.
„Ach, meine Chaido, wie freue ich mich dich zu sehen", rief Janna gleich zu mir herüber.
Mir liefen die Tränen über die Wangen.
„Danke, Janna, danke, dass du mich aus der Hütte geholt hast. Ich wäre sonst da drinnen verbrannt."
„Ach Chaido, papperlapapp, nein, du wirst behütet, du wärst nicht verbrannt. Hast du mein Kästchen finden können?"
„Aber ja, Janna, natürlich, und ich habe auch hineingeschaut", antwortete ich flink. „Ich fand deinen magischen Stein und den Schädel aus Bergkristall. Der ist fantastisch, er strahlt so viel aus."
„Du bist es gerade, Chaido, die hier strahlt. Aber es geht auch um etwas Wichtiges, Chaido. Du wirst zum Fest der Sommersonnenwende gehen! Nein, keine Widerrede", sagte Janna gleich, denn sie kannte mich nur zu gut und sah schon meinen Flunsch, den ich bei so was geneigt war zu ziehen. „Es ist wichtig für dich, für uns alle."
„Aber Janna, wie kann das noch wichtig sein? Sie haben dich getötet mit einem magischen Trank. Bin ich da nicht eher in Gefahr? Und wie soll ich den Weg alleine finden? Wem kann ich trauen? Und, Janna, ich habe gar nichts mehr zum Anziehen!", warf ich ein.
Da lachte Janna auf: „Das bist so typisch du! Also pass auf, Chaido, höre jetzt genau zu. Für ein Kleid ist schon gesorgt, es

ist ein magisches Kleid, niemand wird dir etwas anhaben können. Du wirst den Weg finden, denn die Schmetterlinge werden dich begleiten und dir helfen, solltest du vom Weg abkommen. Du kannst ihnen vertrauen. Einen magischen Schlüssel besitzt du ja bereits. Wenn jemand nach mir fragt, so antworte immer dasselbe, ich wäre alt gewesen und eben gestorben. Hüte dich davor geschwätzig zu sein und irgendetwas über deine jetzige Lage zu erzählen."
Ungeduldig warf ich ein: „Aber Janna, der Mörder wird unter ihnen sein, ich habe wirklich Angst. Wird er es nicht erneut versuchen?"
„Chaido, du musst keine Angst haben, du bist behütet. Du hast dort Freunde, auch wenn du noch nicht weißt, wer diese sind. Aber zwischen all denen dort muss jemand sein, der dich töten wollte. Eine böse, starke Macht hat sich dort eingeschlichen und niemand weiß, wer es ist. Es ist wichtig, denjenigen ausfindig zu machen. Du bist ein starkes Mädel, Chaido. Und nun höre noch mal genau zu! Um Mitternacht, wenn alle ihre Hüllen fallen lassen, wird ein ganz Besonderer erkennen, wer du in Wirklichkeit bist. Dieser wird auf dich zukommen, denn nur er kann dich erkennen und sehen, was du trägst. Auch wenn es rätselhaft klingt, aber befolge alles ganz genau. Gehe mit ihm, er wird dich auf deine nächsten Schritte vorbereiten und dich begleiten. Du kannst ihm vertrauen. Und noch etwas, Chaido, verstecke mein Kästchen gut, du wirst den Schädel nochmals gebrauchen, nimm ihn aber nicht mit zum Fest."
Janna klang müde und besorgt.
„Ja, Janna, ich werde alles so tun, wie du es mir gesagt hast."
Und kaum hatte ich diesen Satz gesprochen, so verschwand Janna in dem Nebel. Kurz darauf löste er sich auf und langsam kam ich wieder zurück, zurück zu mir, zurück in die Höhle.

So blieb ich doch noch einige Tage in der Höhle und fing an, mir aus den Weidenästen eine Kiepe zu bauen. Ich war sehr geschickt darin und bei dieser Arbeit schweiften meine Gedanken weit umher. Ich hatte mir vorgenommen beliebte Kräuter für das Fest zu sammeln, die ich schon das Jahr zuvor mit Janna mitgenommen hatte. Mit leeren Händen wollte ich nicht kommen. Ich war unruhig, hatte ständig irgendwelche Fragen im Kopf, welche das Fest betrafen. Geduld zählte nicht gerade zu meinen Stärken ... Eine Woche hatte ich noch Zeit und plötzlich fiel es mir ein, was würde mit meinem Kleid sein? Mein jetziges war wirklich nicht das sehenswerteste. Hatte Dragsia nicht von einem Kästchen geredet? Wo war es nur? Ach, bestimmt hatte ich diese Worte nur geträumt. Am Abend vor dem Abmarsch legte ich mir alles zurecht. Das Kästchen von Janna verschwand sicher in seinem Versteck, Holz lag bereit für meine Heimkehr, die vielleicht irgendwann stattfinden würde. Die Kräuter waren locker neben der Kiepe aufgehäuft, um sie morgen gleich hineinpacken zu können. Alles war so weit fertig.

Als ich mich noch ein wenig vor die Höhle setzte und in den Himmel sah, dachte ich über Fosco nach. Warum war er wohl nicht ins Dorf zurückgekehrt? Hatte er seinen Heimweg doch nicht finden können oder war ihm etwas zugestoßen? In meiner Einsamkeit vermisste ich ihn. Schön wäre es gewesen in diesen schweren Stunden nicht alleine zu sein. Aber eventuell war auch alles nur Verrat und Fosco hatte sie selber geschickt, um mir weh zu tun. Wer wusste schon auf alles eine Antwort. Kopfschüttelnd ging ich in die Höhle zurück und legte mich zum Schlafen nieder.
Sonnenstrahlen kitzelten mein Gesicht, als ich langsam wach wurde. Ich rekelte und streckte mich und erschrak, als meine

Hand plötzlich dabei etwas Hartes traf. Ruckartig drehte ich mich dahin um. Da stand ein Kästchen, ein rot glitzerndes, kleines Kästchen. Ich war sehr überrascht und erinnerte mich jetzt wieder, dass Dragsia ja meinte, ich dürfte es erst aufmachen, wenn die Zeit reif wäre. Das schien wohl jetzt zu sein. Neugierig griff ich danach und legte es in meinen Schoß. Schön sah es aus, einfach wundervoll. Es ließ sich schnell öffnen und ich sah eine kleine Ecke roten Stoffes. Mit Fingerspitzen zog ich daran und zog und zog, bis der Streifen immer länger wurde. Aus dem Streifen wurde vor meinen Augen ein wundervolles rotes Kleid. Sogleich zog ich es an und es passte mir wie eine zweite Haut. Ich fühlte mich großartig darin. Jetzt packte ich meine kleinen Habseligkeiten zusammen und nahm auch das Kästchen vom Drachen mit, denn so schnell würde ich wohl nicht hierher zurückkommen. Die Sonne streichelte mich immer noch mit ihren Sonnenstrahlen. Der Weg durch den Wald war mir anfangs noch bekannt, aber dann gab es plötzlich so viele Wege, dass ich mir nicht mehr sicher war, welchen ich einschlagen sollte. Ich schaute mich nach Schmetterlingen um, es waren aber keine zu sehen. Was nun, dachte ich. Ich würde sie einfach rufen und versuchte so Kontakt mit ihnen zu bekommen.
„Schmetterlinge, wenn ihr mich hört, weit noch ist mein Weg. Wenn ich aber jetzt falsch laufe, dann irre ich morgen noch umher. So kommt denn geschwind und helft mir das Fest zu erreichen."
Ein Luftzug bewegte sich wie ein Kreisel um mich herum und plötzlich flogen drei Schmetterlinge zu mir hin.
„Du hast uns gerufen, Chaido?", kicherten sie alle drei zusammen.

Ein lustiges Völkchen, dachte ich mir so. „Ja, ich habe euch gerufen, denn ich benötige eure Hilfe, um den richtigen Weg zum Fest zu finden."
„So, so", kicherten sie wieder.
Ich atmete tief durch, denn auf Diskussionen war ich jetzt nicht vorbereitet gewesen. So versuchte ich höflich zu bleiben.
„Ja, seid so nett und helft mir dorthin zu kommen, es ist sehr wichtig."
„Sehr wichtig, hörst du!", sprach die eine mir nach. Wieder kicherten sie alle drei zusammen.
„Bitte!", sagte ich dann noch, denn ich war mit meinem Latein am Ende.
„Nun hat sie endlich bitte gesagt", sagte der bunteste von den Dreien. „Jetzt können wir uns auf den Weg machen."
Der Bunte flog voran und die anderen beiden platzierten sich auf meine Schulter.
„Du hast ein sehr hübsches Kleid an, Chaido, aber deine Haare sehen gar nicht hübsch aus!", zwitscherte mir der Rosafarbene während des Laufens ins Ohr.
„Stimmt, aber ich bekomme das alleine nicht hin, bösartige Männer haben mir meine langen Haare einfach abgeschnitten." Kaum hatte ich diesen Satz ausgesprochen, kamen mir fast die Tränen.
„Nun ja, wozu sind wir denn da, dann lauf du mal weiter, Chaido, und wir zwei hübschen Elfen werden dir jetzt mal deinen Kopf zurechtmachen." Und wieder kicherten sie dabei, aber jetzt musste ich mitlachen, denn ihr Lachen war ganz schön ansteckend gewesen.
So spürte ich während des Laufens über die Felder immer etwas an meinem Kopf. Mal kitzelte es, mal zog es oder war ganz angenehm. Die fröhliche Stimmung dieser Schmetterlingselfen übertrug sich auf mich. Es war angenehm

gewesen, diesen Weg gemeinsam zu gehen. An einem Bach blieben wir stehen und ich sollte ins Wasser schauen, um mein Spiegelbild zu betrachten. Die Elfen hatten meine Haare wundervoll zurechtgeschnitten und frisiert. Auch Blüten und Perlen fand ich darin wieder. Es war traumhaft. Ich weinte vor Freude.

„Danke, vielen lieben Dank, ihr Lieben."

Durch meine Tränen sah ich weiter ins Wasser und bekam nun nicht die Schmetterlinge als Abbild zu sehen, sondern wundervolle und überaus hübsche Elfen. Es war traumhaft sie betrachten zu können, und nun sah ich auch in ihre fröhlichen Gesichter.

„Du musst mehr lachen, Chaido! Du musst fröhlich sein! Wir alle drei hier wissen, was vor einem Jahr passiert ist und auch für uns Elfen war es ein riesiger Schock gewesen, dass die alte Janna ins andere Reich übergegangen ist. Aber das heißt nun nicht, dass sie nicht mehr hier ist, sie ist nur woanders. Ein wahrer Verlust für die, die sie nur hier auf Erden wahrnehmen konnten."

Etwas verwirrt blickte ich plötzlich drein.

„Nun schaue nicht so, Chaido, Janna arbeitet woanders weiter. Ihr gutes, liebes Herz wird weiter für uns alle da sein. Und nun sei weiter fröhlich mit uns, bald sind wir beim Fest."

Ich wischte mir die Tränen aus dem Gesicht, stand aus der Hocke auf und sagte: „Nun also gut, bitte weiter, ihr Frauen Elfen, lasst uns gehen!"

„Das ist Chaido!", kicherte die Mintfarbene, „sie hat zu sich zurück gefunden!"

Der weitere Weg war wirklich unbeschwert und fröhlich und fast vergaß ich dabei, wie ernst mein Auftrag war und dass ich eigentlich ein Riesenpäckchen Angst bei mir trug.

Als wir noch eine Weile überaus fröhlich weiterlachten, hörten die drei Hübschen zu flattern auf.
„Wir sind da, Chaido!“
Überrascht blieb ich stehen.
„Ja stimmt, ihr habt recht. Ich war so abgelenkt, dass ich gar nicht auf das Ziel achtete.“
Ich stand wieder vor dem riesigen Eichenbaum, der mich mit seinen gutmütigen Augen begrüßte.
„Sei gegrüßt, Chaido, wie schön, dich wiederzusehen. Du weißt, was du jetzt tun musst?“
Nickend stand ich da, grüßte den Baum höflich zurück und holte den rubinroten Stein mit dem Pentagramm hervor. Ich legte ihn an die Stelle zwischen die Augen des Baumes und sprach ganz leise vor mich hin den Vierzeiler.

Hier leg ich nun das Pentagramm
Und übergib die Macht auf den Eichenstamm
Soll Magie die Nacht bewegen
Und niemand sich wehren dagegen.

Der Mund des Gesichts öffnete sich und wurde zum großen Tor. Das war wirklich ein magischer Moment. Erst atmete ich tief durch und dann trat ich mutig hinein. Dieses Mal waren schon mehr Besucher anwesend. Unerwarteterweise begrüßten mich alle überschwänglich freundlich und mitfühlend und es schien mir so, als ob alle bereits Bescheid wüssten über Janna. Ich war froh gar nicht viel sagen zu müssen, denn ich hätte ja jedem etwas vorgemacht. Voller Energie kam Barki auf mich zugerannt. Er nahm meine Hände und drehte sich so sehr im Kreis, dass ich fast hinterherflog.

„Wie schön, dich hier zu sehen. Du bist noch schöner als beim letzten Mal. Was für ein tolles Kleid, aber wo sind deine langen Haare geblieben? Aber egal, die jetzigen sind wie von Elfenhand gezaubert, einfach traumhaft. Du musst mir alles erzählen!“, und mit diesen Worten zog er mich von all den anderen fort. „Nun sag mir, was ist mit Janna geschehen, wir wissen zwar alle, dass sie nicht mehr unter uns weilt, aber wie es geschah, weiß niemand. Vieles wird erzählt, aber ich möchte es von dir hören. Nun sprich schon, Chaido! Einige hier meinten, dass du nicht mehr kommen würdest.“
„Barki, du musst Luft holen beim Reden!“, brachte ich staunend hervor. Ich dachte an Jannas warnende Worte, letztendlich wusste ich nicht, wer war Freund und wer Feind, auch wenn Barki mir gerade nicht wie ein Feind vorkam.
„Janna hatte ein altes, schwaches Herz, es hörte einfach auf zu schlagen. Vielleicht war das Fest schon zu viel gewesen für sie.“
Seine Augenbrauen hochziehend schaute er mich mit großen Augen an.
„Okay, Chaido, das Herz also. Dann werde ich dich nicht weiter bedrängen, aber lass mich dieses hier noch dazu sagen, es tut mir sehr leid für dich und auch für uns alle ist Jannas Tod ein riesiger Verlust. Solltest du mal Hilfe benötigen, dann rufe nach mir. Und nun komm, ich helfe dir die Kräuter zu verteilen. Übrigens würde ich mich sehr freuen, wenn du am Tisch neben mir sitzen würdest.“
„Danke, Barki, das ist wirklich lieb von dir, das nehme ich gerne an. Dann komme ich mir nicht so alleine vor.“
Beim Kräuterverteilen traf ich noch auf weitere bekannte Gesichter, viele drückten meine Hand sehr lange und intensiv. Ich sah auch diesen kleinen Mann wieder, vor dem ich mal in die Knie gegangen war. Beim heutigen Treffen kniete er vor

meinen Füßen nieder. Aufrichtig waren seine Augen. Er sagte nichts, aber seine Geste drückte unwahrscheinliches Mitgefühl aus. Ich nickte und dankte. Bei jeder weiteren Frage blieb ich bei meiner eingeübten Antwort und erwähnte nie das lilafarbene Gift. Als dann alle beim Essen saßen, schaute ich weit in die Runde hinein. Einer der Anwesenden hier will mich töten, dachte ich, und ein grausiger Schauer lief über meinen ganzen Körper.

„Ist dir kalt, Chaido?", fragte mich Barki sogleich.

Wie aufmerksam, dachte ich, es achteten also viele auf mich, ich musste auf der Hut sein. Von meiner anfänglichen Fröhlichkeit, die die Elfen geschürt hatten, blieb nichts mehr übrig. Ich spürte selber, wie ernsthaft ich wurde und wie verkrampft ich mir vorkam. Ich schüttelte auf Barkis Frage den Kopf.

Wer würde mich wohl nach Mitternacht ansprechen? Zu wem würde ich gehen? Gedanken, die mich nicht mehr losließen.

Kurz vor Mitternacht kamen wir wieder alle zusammen und standen in einem großen Kreis. Der weißhaarige, langbärtige Rubeus stellte sich wieder in die Mitte. Stille machte sich breit und nur das Knistern des Feuers war zu hören.

„Liebe Freunde, leider möchte ich meine heutige Ansprache damit beginnen, dass, wie die meisten bereits von euch schon wissen, Janna von uns gegangen ist. Daher bündeln wir unsere Kräfte und gedenken Janna für einen Moment."

Mit diesen Worten kniete er nieder, schloss die Augen und faltete seine Hände zusammen. Die anderen taten es ihm nach und eine merkwürdige Energie floss in die Runde. Plötzlich hätte ich weinen können und schluckte mit aller Kraft den großen Kloß im Hals hinunter. Sei stark, Chaido, sei stark, hämmerte es in meinem Kopf. Auf meinem Rücken fühlte ich eine mir bekannte Wärme, als ob mich jemand umarmen würde, aber als ich mich umdrehte, war da niemand. Alle standen auf und Rubeus fuhr mit seiner Ansprache fort. Nachdem er geendet hatten, begann das fantastische Feuerwerk und alles um mich herum veränderte sich wieder. Mir gegenüber sah ich die herrlich aussehenden Frauen, die anfingen mit ihren plötzlich erscheinenden Flügeln zu schweben. Barki flüsterte mir ins Ohr, dass diese Feen sein. Konnte er Gedanken lesen? Aber auch Barki machte seine Verwandlung durch. Aus der Person im braven, grünen Filzanzug wurde plötzlich wieder der sehr behaarte Faun. Und so wie vor einem Jahr zog er mich zu dem Feuer hin, um wild mit mir zu tanzen. Ich tat ihm den Gefallen und tanzte einige Zeit. Als ich ganz nah am Feuer war, bemerkte ich, dass sich auch mein Kleid verändert hatte. Plötzlich war es nicht nur rot, sondern es war übersät von glänzenden Drachenschuppen und ich dachte an die Worte, dass an diesem Abend nur ein Einziger mich damit erkennen würde. Ich musste mich also von Barki verabschieden, damit der Fremde eine Chance bekam mich anzusprechen. So schlenderte ich langsam vor mich hin. Der weißbärtige Rubeus kam auf mich zu. Ob er es sein würde? Würde ich beim Obersten weiterleben? Wie würde er wohl sein? Rubeus ging mit mir einige Meter mit und drehte sich dann zu mir hin.

„Was genau geschah mit Janna?“, fragte er mich neugierig.

Ich antwortete mit den gleichen Zeilen wie allen anderen.

Er schien mit meiner Antwort nicht zufrieden zu sein. Ich bemerkte, wie er grimmig nach unten zum Boden schaute und überlegte. Wir blieben stehen und blickten zurück auf das Feuer, wo alle lustig tanzten und fröhlich waren. Angestrengt versuchte ich herauszufinden, ob er derjenige sein sollte. Meine Nerven waren kurz vor dem Zerplatzen, aber ich wollte mich nicht als Erste zu erkennen geben. Rubeus schien wirklich

recht nett zu sein und er kam mir auch sehr väterlich vor. Dann fiel mir das Kleid ein und ich fragte:
„Entschuldige meine neugierige Frage, Rubeus, aber wie gefällt dir mein Kleid heute Abend?“
Sein Gesicht sprach Bände. Er war sehr verwundert über meine Frage und meinte, dass es sehr hübsch sei, aber er verstand den Sinn der Frage nicht. Ich kam daher schnell zu dem Entschluss, dass er nicht derjenige war, bei dem ich weiterleben sollte. Aber was wollte der Oberste, Rubeus, dann von mir, vor allem so abseits vom Feuer?
„Hast du bei Janna etwas Besonderes nach ihrem Tod gefunden oder hatte sie dir schon früher etwas äußerst Wichtiges gezeigt?“, kam er mir jetzt fragend entgegen.
„Nein!“ Ich wusste wirklich nicht, was er meinte, worauf wollte er hinaus?
„Es ist nicht groß, Chaido, etwas kleiner als deine Faust“, sprach er, und nahm meine Hand in die seine.
Mir war das jetzt sehr unangenehm und schlagartig wurde mir klar, dass er nur von dem Kristallschädel reden konnte. Woher wusste er davon und was wollte er mit ihm? Es waren Fragen, die mich schlagartig trafen, und ich konnte mich auch nicht daran erinnern, dass Janna mal gesagt hätte, ich sollte Rubeus etwas übergeben. Also zog ich abrupt meine Hand aus der seinen, drehte mich um und stieß plötzlich auf Barki, der wie aus dem Nichts hinter mir erschienen war.
„Wo warst du, meine schöne Chaido? Ich werde dich jetzt zum Tanzen entführen, komm mit und sei lustig.“
Barki reichte mir seine Hand und ich ergriff sie, um dem Weißbärtigen entfliehen zu können. Mit seinen Ziegenfüßen tapste er zum Feuer und ich ließ mich auf ein paar freudige Tänze mit ihm ein. Aber bald schon wurde es hell und ich hatte noch nicht diesen Mann gefunden. Ich ging wieder etwas vom

Feuer weg und stolperte plötzlich über einen Stein, den ich nicht gesehen hatte. Ich verknackste mir etwas meinen Knöchel dabei und so setzte ich mich eine Weile auf eine Bank.

„Guten Morgen, mein Drachenkind!", begrüßte mich eine warmherzige Stimme von hinten.

„Guten Morgen", gab ich zurück und blickte in den Himmel, ob denn gleich die Sonne aufgehen würde. Erst jetzt wurden mir die Worte bewusst. Der Mann hatte Drachenkind gesagt. Konnte er mich erkennen? Neugierig drehte ich mich um, sah aber niemanden, denn derjenige hatte sich schon längst lautlos an meine andere Seite gesetzt.

„Hier bin ich, Chaido! Du trägst ein wundervolles Kleid aus Drachenschuppen. Es glänzt in einen weinroten Ton. Es gefällt mir sehr."

Nun endlich sah ich ihn vor mir. Es war der kleinwüchsige Mann, der seinen Bart teilweise zu einem Zopf geflochten hatte. Seine Augen blickten mich weichherzig an. Ich freute mich, denn er war mir schon vor einem Jahr sehr sympathisch gewesen.

Pakka

„Mein Name ist Pakka. Ich denke, wir sollten das Fest verlassen, bevor alle mitbekommen, dass wir gemeinsam gehen."

„Ja Pakka, gerne", sagte ich zu ihm und meine Stimme klang dabei fest und sehr freudig.

So traten wir zusammen aus dem magischen Baum heraus. Pakka pfiff einmal laut und ein Pferd kam angetrabt.
„Ich habe extra für unsere Heimreise ein Pferd besorgt, damit wir schnell außer Sichtweite der anderen gelangen", sprach er zu mir und lächelte mich an.
Trotz seiner geringen Größe kam er mühelos auf den Rücken des Pferdes und reichte mir die Hand, um mir zu helfen. Da saß ich nun auf einem Pferd, vor mir ein unbekannter Mann, dem ich nun anvertraut war. Langsam kam auch die Sonne hervor und im Licht konnte ich Pakka etwas besser betrachten. Nun ja, was man so eben von hinten sah. Er war klein, dafür sehr stämmig und seine ungeordneten Haare fielen ihm bis über die Schultern. Wir sprachen nicht miteinander. Ich hatte zwar viele Fragen, wusste aber, dass ich jede einzelne Antwort bald erfahren würde. Also schwiegen wir, genossen den Sonnenaufgang und ich versuchte herauszufinden, wohin wir überhaupt ritten. Es war jedenfalls nicht die Richtung, aus der ich hergekommen war. Wir ritten also in ein Gebiet, welches mir völlig unbekannt war, immer weiter von meinem Zuhause weg.
„Da sind wir, Drachenkind!, wach auf!"
Tatsächlich musste ich doch eingeschlafen sein. Ja, die Nacht war ja auch lang und aufregend gewesen. Ich stieg vom Pferd ab und Pakka tat es mir gleich. Er hielt die Zügel vom Pferd in der Hand und brachte es in einen kleinen Stall. Unterdessen stand ich vor der Hütte, die doch wesentlich größer war als die von Janna und mir. Schön sah sie aus von außen, sehr robust und ringsherum wuchsen auch Tannen, wie bei uns. Zumindest das ließ mich gleich heimisch fühlen.
„Na komm, lass uns hineingehen. Es war schließlich eine anstrengende Nacht, ich zeige dir später draußen den Rest", sprach Pakka, der schon wieder neben mir stand.

Er hatte so in etwa Jannas Größe, stellte ich fest. Beherzt machte er die Tür auf und bat mich herein. Mit großen Augen folgte ich ihm.
„Hier ist nun für die nächste Zeit dein Zuhause, Drachenkind!"
Ich blickte mich um. Es war sehr aufgeräumt, geräumig und gemütlich. Obwohl es ein riesiger Raum war, war er doch unterteilt und hatte mehrere kleine Nischen.
„Komm her, hier kannst du schlafen", und mit diesen Worten zeigte er mir eine der Nischen, in dem sich eine Liege, ein Regal an der Wand und ein kleiner Schrank mit einer großen Kerze befanden. „Im Schrank ist einige Kleidung für dich, ich hoffe sie passt und gefällt dir. Schließlich kannst du in deinem roten Drachenkleid jetzt nicht weiter umherlaufen."
Ich nickte nur. Er war so freundlich zu mir und so herzlich. Das machte es mir einfach mich hier wohlzufühlen.
„Hast du Hunger, Drachenkind? Hier ist unsere Kochstelle und hier unsere bescheidene Essecke." Pakka zeigte mir alles im Raum und es war wirklich sehr schön gemacht. Ich war beeindruckt von den schönen und seltenen Holzarbeiten.
„Nein danke, Pakka, ich bin noch satt vom Fest und würde mich lieber hinlegen. Ach, Janna hatte mich immer Chaido genannt", sprach ich zu Pakka und lächelte ihn an. Er verstand den Wink und wünschte mir erst einmal ein angenehmes Ruhen.
Ich ging zur Nische, zog das wundervolle Kleid aus und legte einen Zipfel davon in das kleine Kästchen von Dragsia. Langsam verschwand es wieder darin und nur ein winziges kleines Stoffteil schaute hinaus. Zufrieden schloss ich die Augen.

„Hey Chaidooooo, wach aaaaauf", dröhnte es an meine Ohren. „Du verschläfst tatsächlich noch den ganzen Tag. Los, hoch mit dir, ich habe uns eine leckere Suppe gekocht."
Die Augen noch ganz fest zu, vernahm ich, wie von Weitem, eine mir bekannte Stimme. Aber das konnte doch nicht sein, arbeitete es in mir. Vielleicht war ich ja noch auf dem Fest und der Ritt mit dem Pferd war nur ein Traum gewesen? Schlagartig riss ich die Augen auf und schaute in ein mir bekanntes Gesicht, das ganz nah an meinem war.

Barki

„Ahhhhh", schrie ich. Ich hatte mich so erschrocken.
„Was nun?", fragte er mich ganz unschuldig, „hat dir Pakka nichts erzählt?"
Ich schüttelte nur den Kopf und setzte mich hin.
„Ja klar, mal wieder typisch, der Pakka schweigt sich bei allem aus und ich darf wieder das Reden übernehmen." Barki zwinkerte mit den Augen und lächelte mir dennoch zu.
„Wie bist du hierhergekommen, Barki? Was machst du hier?", mein Verstand schien wieder zu arbeiten.

„Na ja, ich hab so meine Methoden, um heimzukommen", lächelte er verschmitzt. „Und ja, ich wohne hier, da drüben ist meine Nische. Einer musste ja schließlich achtgeben, wenn ihr beide von der riesigen Meute beim Fest verschwindet.

Übrigens schien es keiner mitbekommen zu haben. Was ja auch gut ist, denn so sollte es ja sein. Also …“,
„Barki, stopp!“, lachte ich laut, denn ich bemerkte, wie er mal wieder ohne Luft zu holen ins Reden versank. „Komm, lass uns deine Suppe probieren und dabei alles bereden, ich habe jetzt nämlich wirklich Hunger.“
Und so trafen wir uns drei an dem reichlich gedeckten Tisch wieder und hatten uns viel zu erzählen. Beide Mitbewohner machten es mir leicht, sie zu mögen, ich fühlte mich schnell wohl und genoss das Zusammensein. Es stellte sich heraus, das Pakka der Bruder von Janna war und Barki schon einige Zeit mit Pakka zusammenwohnte. Ich erzählte nun den beiden, wie das vor einem Jahr wirklich abgelaufen war und dass ich eigentlich hätte sterben sollen, nicht Janna. Auch erwähnte ich den Besuch aus dem Dorf und erzählte alles über Fosco. Nur eines behielt ich für mich, die Gespräche mit Dragsia, die Höhle und den dort versteckten Kristallschädel.

Auch wenn der Abend voller Freude war und wir reichlich Neuigkeiten ausgetauscht hatten, so begann der nächste Morgen schon etwas anders. Viel zu früh wurde ich von Pakka geweckt, um mit ihm hinaus in den Wald zu gehen. Auf unserem langen Spaziergang erzählte er mir, wie wichtig es sei, dass ich etwas für mein Selbstbewusstsein täte. Ich war neugierig, was das wohl sein konnte. Pakka meinte nur, dass er gleich mit Übungen dafür anfangen würde. Denn wenn ich Kampfkünste beherrschen würde, würde auch mein Selbstbewusstsein steigen. Es sollte nicht noch einmal vorkommen, dass ich mich nicht angemessen wehren könnte, wenn ein Überfall bevorstehen würde, so wie damals mit den Männern aus dem Dorf. Hier draußen in der Wildnis konnte

man auf allerlei Gefahren treffen. Zudem sollte ein Drachenkind auf alles vorbereitet werden.
„Pakka, nenne mich doch bitte Chaido und nicht immer Drachenkind, das irritiert mich so sehr“, bat ich Pakka.

„Aber Chaido, du bist ein Drachenkind, war dir das eigentlich nie bewusst? Hat Janna nicht mit dir darüber geredet? Weshalb tust du so erstaunt?“ Pakka runzelte die Stirn, was äußerst belustigend bei ihm aussah.
„Also ich weiß eigentlich nicht sehr viel und ich weiß nicht, wie viel ich dir von dem erzählen kann und soll. Ich hörte immer, dass ich eben besonders sei, weshalb war und ist mir nicht bewusst. Janna hat es wohl nicht mehr geschafft es mir zu sagen, vielleicht wollte sie mich auch nur weiterhin behüten. Es gab schon Kontakt zu einem Drachen, über ein bestimmtes Ritual traf ich ihn. Aber, dass dies nun etwas ganz Besonderes ist, wusste ich nicht.“ Ich begann zu erzählen und hoffte tief in mir drin, dass ich dem Richtigen Vertrauen schenkte.

„Gut oder eigentlich nicht gut, dass Janna damit so lange gewartet hat. Dann werde ich jetzt ihre Aufgabe übernehmen“, erwiderte Pakka und begann zu erzählen.
„Chaido, du wurdest unter einen ganz besonderen Stern geboren, auf den schon lange einige Menschen und Wesen gewartet hatten. Janna wusste schon seit Langem, dass es dich eines Tages geben würde. Sie wartete lange, aber dann trat die Voraussage doch ein und sie holte dich bei deinen Eltern nach kurzer Zeit ab. In dieser Nacht aber wurdest nicht nur du geboren. Auch die Gegenseite hat auf den Tag gewartet. Vor dir kam dein Zwillingsbruder auf die Welt. Auch er wurde kurz nach dir von euren Eltern getrennt. Dein Bruder wächst auf der bösen Seite auf, wo Macht eine ganz besondere Rolle spielt. Du aber sollst eines Tages eine Prophezeiung erfüllen und damit dies nicht geschehen kann, hat man deinen Bruder

gleichzeitig auf die andere Seite gestellt. Chaido, du bist nicht nur ein Kräutermädchen, du bist die Chaido, die in den Dimensionen zu den Drachen reist, um hier letztendlich auch den Frieden zu bringen. Auf dich lastet einiges. Der Versuch dich so früh zu töten, hat uns gezeigt, wie ernst auch die Gegenseite dies sieht. Dass sich ein Verräter in unsere Reihen einschleichen konnte, ist grauenhaft. Es zeigt aber, dass wir anscheinend unvorsichtig geworden sind, oder jemand von uns zur anderen Seite gewechselt hat. Noch wissen wir nicht, wer das ist, deshalb hattest du dieses wundervolle Kleid an, zum Schutz."

Ich unterbrach Pakka.

„Aber warum konntest nur du die Drachenschuppen erkennen?"

„Gute Frage, Chaido, ich bin einmal bei einem Kampf dazwischengegangen und half einem Drachen aus der Königsfamilie. Ich wurde schwer verletzt und als Dank legte die Drachenkönigin ihre Flügel über mich. Meine Wunden heilten dadurch schnell und es blieben keine Narben zurück. Seit dem Tag an habe ich einige besondere Fähigkeiten erhalten, eben auch, die Drachensprache zu verstehen. So konnte auch nur ich erkennen, was los war und wissen, dass du das gesuchte Drachenkind bist. Janna hat mir auch erst bei unserem letzten Treffen ausführlicher von dir berichtet. Mag sein, sie ahnte ihren Tod und wollte Vorsorge treffen. Je weniger von dir wissen, desto sicherer bist du. Daher ist Janna mit dir auch nirgends hingegangen oder hat selbst mich hier sehr selten besucht. Sicherheit war ihr wichtig. Von ihrem Tod hab ich dennoch erst sehr, sehr spät erfahren." Pakka schaute traurig nach unten. „Gut, Chaido, du siehst also, die Lage ist wirklich ernst und wir müssen handeln. Du wirst viel Unterricht von uns erhalten. Und wir würden uns freuen, wenn das eine oder

andere Kraut von dir mit auf den Tisch kommt", lächelte Pakka jetzt aufmunternd.
Ich schluckte und versuchte zurückzulächeln. Nicht ganz war mir bewusst, was das alles für mich in Wirklichkeit bedeuten sollte. Aber ich war bereit zu lernen, denn eines hatte sich tief in mir eingeprägt: Das war das fiese Lachen der Männer aus dem Dorf und ihnen würde ich niemals wieder wehrlos gegenüberstehen wollen. Also nickte ich jetzt Pakka zu, lächelte auch und war gespannt auf das, was kommen sollte.

„Eine Frage habe ich jetzt doch noch, Pakka, wie viel von all dem weiß Barki?"
„Barki weiß das Nötigste, du kannst ihm vertrauen, doch alles muss er nicht wissen, denn wie du bereits bemerkt hast, kann er ganz schön plappern. Es ist nicht gut, wenn so viele über dich Bescheid wissen. Belassen wir es erst einmal dabei. Auch er wird dich einiges lehren können. Gehen wir heim und machen einen Plan."
In der Waldhütte angekommen, roch es bereits nach frischem Tee. Barki rannte geschäftig hin und her und auch den Tisch hatte er gedeckt.
„Guten Morgen, Chaido, guten Morgen, Pakka!", kam uns entgegen.
Lächelnd grüßten wir zurück und genossen gemeinsam das Frühstück. Dann wurden Pläne geschmiedet. Pakka sollte mich im Waffenkampf und in gemeinsamem Meditieren unterrichten. Barki sollte mich dafür fit halten, mir Bogenschießen lehren und mir von den Menschen und Wesen drumherum berichten. Im Gegenzug waren gemeinsame Kräutersammlungen geplant, damit auch sie etwas lernten. Der Haushalt sollten von allen geführt werden.

Bereits am Nachmittag begann Pakka mich in Waffenkunde aufzuklären. Er zeigte mir die verschiedensten Arten von Messern und die Art und Weise damit umzugehen. Besonders verwies er dabei auch auf das Schärfen, was eine besondere Kunst war. Schnell bemerkte ich, dass ihm alles Metallische Spaß zu machen schien. Aber er hatte meine Neugierde geweckt, denn ehrlich gesagt, hatte ich mir bisher nicht gerade Gedanken um so etwas gemacht. Trotz seiner Fülligkeit war er sehr geschickt, wenn es darum ging, sich mit den Waffen zusammen zu bewegen. Das beeindruckte mich. Es bestand eine Art Verschmelzung zwischen ihm und den Waffen. Ich spürte auch, dass da keine Aggressivität dahinterlag, sondern das Ziel, einen Einklang zu erreichen. Unser Nachmittag endete in einer Meditation. Darin war ich ja zum Glück nicht ganz so hilflos. Janna hatte mit mir oft meditiert und so bewunderte er bereits beim ersten Versuch, wie ich überaus schnell zu meiner Mitte fand. Am Abend erzählte Barki mir von den verschiedensten Wesen, die hier im Wald und auch auf den Wiesen anzutreffen wären. Heute waren die Feen dran. Ich erinnerte mich an das Fest, als sich schöne junge Frauen mit wundervollen Kleidern gezeigt hatten.
„Höre zu, Chaido! Feen besitzen eine überaus hohe Schwingung, die auch beim Tanzen auf dem Fest sichtbar wurde, denn sie legen eine Leichtigkeit an den Tag, als ob sie mit der Bewegung spielen würden. Sie geben sich mit all ihrer Kraft der Betreuung von Pflanzen, Tieren und Mineralien hin. Aber Feen können auch Schmerz verstehen und Trauer fühlen. Gerade weil sie mit so vielen guten Charaktereigenschaften ausgestattet sind und eine höhere Energie besitzen, beaufsichtigen sie auch oft Elfen und Gnome.“

Fee

Barki sprach voller Leidenschaft von ihnen und es war sehr spannend und mitreißend ihm zuzuhören.

„Sag, Barki, warum konnte ich bisher Feen nur auf dem Fest erkennen?“, fragte ich ihn neugierig.

„Ja, Chaido, auf dem Fest genau zur Mittsommernacht herrscht ein gewisser Zauber für wenige Stunden. Dann ist die Grenze zwischen dem Reich hier und dem anderen Reich aufgehoben.“

„Das ist eigentlich schade, denn sie sind so wunderschön und lieblich anzusehen“, warf ich gleich ein.

„Ja, bei euch Menschen ist es etwas schwieriger, aber nicht ausgeschlossen. Ich kannte mal jemanden, der wurde von so einer Fee auf seinen Augen berührt, weil er eine von ihnen gerettet hatte. Seither konnte er sie immer wieder erkennen. So was ist aber eine Seltenheit!“

Barki schaute ganz verträumt auf die Wiesen hinaus, seufzte kurz und sagte dann: „Gut, für heute war es der

Unterrichtsstoff über die Feen, morgen kommen die Elfen dran. Wir sollten jetzt schlafen gehen, es ist schon sehr spät."

Ich nickte ihm zu, wünschte ihm und Pakka, der etwas abseits gesessen hatte, eine gute Nacht und begab mich in meine Nische.

Schon sehr früh am Morgen wurde ich von Barki geweckt und überrascht, mit ihm durch den Wald rennen zu dürfen. Irgendwie fand ich den Gedanken ganz gut, denn so lernte ich nach und nach die Umgebung kennen. Auf dem Rückweg sammelten wir Früchte, Kräuter und vieles mehr. So konnte auch ich nach und nach Barki über die Pflanzen etwas beibringen. Daheim angekommen, gab es Frühstück.

„Sei nicht überrascht, Chaido, wenn ich dich morgen wecke, denn ich habe mit Barki abgemacht, dass wir uns abwechseln werden", rief Pakka zu mir herüber.

Nach dem Frühstück lehrte Barki mir geheime Kampfübungen. Ich stellte mich zunächst doch etwas steif und unbeholfen an. Bei unserem intensiven Zusammensein lernte ich Pakka und Barki deutlich besser kennen.

Am Abend fing Barki an über die Elfen zu reden. Mit viel Begeisterung in der Stimme erzählte er:

„Also die Elfen sind im Gegenzug zu den Feen leichtsinniger und verspielter, denn sie werden Trauer oder Schmerz nie kennenlernen. Elfen findest du öfters als Feen vor. Die meisten Schmetterlinge und Libellen sind in Wirklichkeit Elfen. Am liebsten halten sie sich im Tageslicht auf duftenden Blüten auf. Manchmal kann man sehen, wie sie mit den Pflanzen spielen. Die kleinen Wesen sollte man nicht unterschätzen, denn sie beherbergen ein großes Wissen und auch wenn sie sehr zart und zerbrechlich aussehen, so sind sie auf ihre Art und Weise richtig stark."

Barki war mal wieder nicht zu bremsen. Er schwärmte mir regelrecht von ihnen vor.

Elfe

„Barki, ich habe bereits welche getroffen, erst sah ich sie nur als Schmetterlinge, aber ich musste plötzlich weinen und durch die Tränen sah ich zauberhafte Wesen. Hören konnte ich sie schon vorher, aber sie dann auch zu sehen, war ein kleines Wunder. Sie sind wirklich sehr schön, du hast recht." Ich schaute Barki an, der weit weg zu träumen schien. „Chaido, du hast sie gesehen?", sprach Barki mich plötzlich an.

„Ja Barki, ich habe sie gesehen, aber erst, als Tränen durch meine Augen flossen", fragend schaute ich Barki an.

„Na so was, ich staune immer mehr über dich. Dir hat man also bereits die Gabe mitgegeben, wenn auch in einer anderen Form. Das ist seltsam."

Es war ein schöner Abend. Ich genoss die Gespräche und freute mich so viel lernen zu dürfen.

In der nächsten Zeit wiederholten sich die Ereignisse und ich bemerkte, wie die ersten Fortschritte sichtbar wurden. Barkis abendliche Ausschweifungen in das Reich der Anderswelt

waren besonders freudig für mich. Er erzählte über Gnome, Trolle, Zwerge, Baumgeister, über Undinen und auch die Sturmgeister. Eines Abends aber fragte ich ungeduldig nach den Drachen, denn ich konnte mir gut vorstellen, dass Barkis Ausschweifungen noch weiter gingen. Meine Neugierde war einfach zu groß. War es denn nicht an der Zeit mehr über sie zu lernen?
„Gut, gut, Chaido, ich erzähle dir heute etwas über Drachen", gab sich Barki geschlagen.
Ich freute mich aufrichtig und umarmte ihn aus der Freude heraus. „Los, los, Barki, ich bin furchtbar neugierig!"

Also begann Barki zu erzählen: „Nachdem du die Wesen aus dem anderen Reich kennengelernt hast, verstehe, dass Drachen nicht nur aus einem anderen Reich kommen, sondern auch aus einer anderen Dimension. Das macht es unwahrscheinlich schwer mit ihnen zu kommunizieren, dennoch kann man sie sehen, wenn sie hier in dieser Dimension verweilen. Sie haben viel Kraft und üben viel Macht aus. Drachensprache kann man nicht lernen. Einen Drachen zu verstehen bedeutet, mit ihm verbunden zu sein. Solche Menschen begegnen Drachen in ihren Träumen, ihren Visionen. Ich persönlich kenne niemanden, der das kann."
Barki machte ein nachdenkliches Gesicht. „Doch, Pakka erzählte mal vor langer Zeit, dass es da in seinem Leben ein Zusammentreffen gegeben hatte und er die Gabe erhielt, die Drachensprache zu verstehen. Nun ja, er hatte bisher kaum wieder die Gelegenheit gehabt, dies auch zu nutzen."

Fast wäre es mir etwas herausgerutscht, aber Pakka hatte mir ja zum Anfang gesagt, ich sollte mich zurückhalten alles zu erzählen. Irgendwie fand ich das gerade schade, denn zu gerne hätte ich ihm von Dragsia erzählt.

„Was ist los, Chaido, du ziehst gerade unbewusst einen Flunsch, so als ob du etwas nicht tun darfst?“, fragte mich Barki überrascht.
Verlegen schaute ich ihn an und es fiel mir sehr schwer ihn jetzt anzulügen.
„Nein, Barki, es ist alles okay, ich war nur in Gedanken.“

Die Zeit bei Pakka und Barki verging wie im Flug. Ich stellte fest, dass ich mich bei ihnen sehr wohlfühlte und das Zusammensein genoss. Es war eine ruhige Zeit, mein Körper wurde durchtrainierter, ich lernte immer besser und wurde ab und an schon zu einem ernsten Gegner der beiden. Wir hatten aber auch Spaß. Barki war verrückt danach Musik auf seiner Panflöte zu machen und so manches Mal holte er uns damit aus der Eintönigkeit heraus. Nach und nach wurden meine Gedanken an Janna etwas weniger und auch Fosco geriet in den Hintergrund. Meinetwegen hätte das Leben genauso weitergehen können, doch eines Tages, es war genau an meinem achtzehnten Geburtstag, kam Pakka durch den Schnee gerannt, als ob er den Weg schnellstens freiräumen wollte. So sehr wüteten seine Arme beim Laufen. Aufgeregt sahen Barki und ich ihn kommen und holten ihn schnell in die Hütte hinein. An seinem langen Bart hingen vereiste kleine Zapfen und wenn er nicht so in Sorge ausgesehen hätte, hätte ich mich bestimmt darüber lustig gemacht.
„Chaido, Chaido, du musst ein paar Tage weg von hier, heute noch!“, rief Pakka beim Hereinkommen mir zu.
Mit großen erstaunten Augen schaute ich ihn an und wusste gar nicht, was ich denken sollte.
„Chaido, Mädel, vertraue mir! Ich bringe dich sofort in eine Höhle. Dein Leben ist in Gefahr und noch ist die Zeit zum Kämpfen nicht reif genug. Ich habe eben erfahren, dass sich

hier in der Gegend ein riesiger Drache umhertreibt und oftmals wahllos Hütten niederbrennt. Er ist auf der Suche nach jemandem und zwar nach dir, Chaido. Es ist zu riskant, wenn du hier bei uns bleibst. Vertraue mir, packe schnell ein paar Sachen. Barki wird flink etwas zum Essen für dich zurechtmachen und wir brechen sofort auf.“ Pakka war sehr außer Atem und so viel hintereinander hatte ich ihn selten reden hören. Sein Gesicht war wirklich besorgt und ich stellte nichts infrage.
Schnell huschte ich in die Nische und packte ein paar Sachen zusammen. Barki flitzte umher und legte von überall etwas in ein Leinentuch ein und gab es Pakka.
„Komm, lass uns sofort aufbrechen, Chaido“, rief Pakka voller Sorge „und du Barki, wirst hier reinemachen und gut lüften, damit der Geruch von Chaido verschwindet. Besser noch, du räucherst die Hütte mal ordentlich von innen, mit den Kräutern, die Chaido gesammelt hat, aus.“
„Geht klar, Pakka“, rief Barki und kam noch schnell zu mir, um mich zu drücken. Dabei spürte ich seine Unsicherheit, denn ihm war nicht ganz klar, warum gerade ich vor einem Drachen flüchten musste. Für Erklärungen blieb keine Zeit.
Dann gingen wir auch schon los und ich trat immer in Pakkas Spuren hinein. Das war anstrengend, denn Pakka machte nicht gerade große Schritte, wenn auch sehr schnelle. Nach einiger Zeit kamen wir am Ziel an. Wir standen vor einem riesigen Stein, den Pakka mit seinem sternförmigen Edelstein, seinem Pentagramm, an mehreren Stellen berührte. Dann bewegte sich der Stein beiseite und ich sah nichts, außer Dunkelheit.
„Chaido, das wird für einige Zeit dein Zuhause sein, hab keine Angst. Wenn die Gefahr vorüber ist, holen wir dich sofort hier raus. Bis dahin musst du mir versprechen, hier drin zu bleiben.“

„Ja Pakka, ich werde es tun, aber was erwartet mich in dieser Höhle?“
„Du wirst alles Wichtige am Anfang der Höhle finden und dann gehe den Weg, alles wird gut, mein Drachenkind.“
Ich war mir nicht ganz sicher, ob Pakka mich jetzt beruhigen wollte oder sich selber. Auf jeden Fall war seine Besorgnis sehr ernst zu nehmen. Also verabschiedete ich mich von Pakka, drückte ihn und ging auf die Höhle zu. Kaum war ich in ihr, schob sich der Stein wieder zurück und ich stand im Dunklen.

Da stand ich nun, von einem Moment zum anderen. Meine Augen gewöhnten sich nur sehr schwer an die Dunkelheit und ich wusste auch nicht, wie es jetzt weitergehen würde. Ich musste die Dinge finden, von denen Pakka gesprochen hatte. Also suchte ich im Dunkeln kniend auf dem Fußboden nach Dingen, die er gemeint haben könnte. Es war eine grauenhafte Vorstellung. Innerlich hatte ich Angst nach etwas zu greifen, was für mich nicht schön sein könnte. Auf der anderen Seite musste ich weitersuchen, wenn ich hier nicht im Dunkeln sitzen wollte. Kalt war es auch. Also tasteten meine Hände weiter. Nach einer gefühlten Ewigkeit griffen meine Hände Holz und nach einer weiteren gefühlten Stunde brannte endlich das Feuer. Erst jetzt konnte ich mir die Höhle in Ruhe betrachten. Eines jedenfalls hatten wohl Janna und Pakka gemeinsam, sie bevorrateten Holz für eine eventuelle Wiederkehr und schon wieder fand ich diese Idee wirklich sinnvoll. Da das Feuer gut brannte, musste genug Sauerstoff vorhanden sein. Ich sah in der Ecke einige Fackeln stehen, nahm mir die kleinste davon und zündete sie an. Neugierig ging ich die Höhle hinein. Ich befand mich in einem sogenannten Vorraum der Höhle. Nach einigen Schritten fand ich einen Weg, der ins Unbekannte führte. Obwohl ich sehr

neugierig war, wollte ich die erste Zeit doch nur hier verbringen, falls Pakka gleich zurückkehren würde. Zumindest hoffte ich darauf. Ich machte es mir ein wenig bequem am Feuer und dachte darüber nach, dass wohl niemand anders so seinen Geburtstag feiern würde. Obwohl ich stark sein wollte, kamen mir die Tränen. Schon nach relativ kurzer Zeit verlor ich hier in der Dunkelheit das Zeitgefühl. Ich beschloss noch nichts zu essen, mich einfach niederzulegen und mich von der Zeit tragen zu lassen. Ich dachte darüber nach, was das wohl für ein Ungetüm von Drachen sein musste, dass er so nach mir suchen würde und warum tat er das überhaupt? Es war schlimm, immer mehr Fragen im Kopf zu haben als Antworten. Ich hörte in die Stille hinein –es war nichts zu hören, aber auch gar nichts. Oh, wo hatte mich Pakka nur hingebracht, wo war ich hier? Bestimmt würde sich der Stein gleich wieder beiseitebewegen und ich dürfte von hier entfliehen. Aber die Zeit lief weiter und weiter, nichts tat sich und irgendwann schlief ich ein.
Als sich meine Augen wieder öffneten, war es immer noch duster. Wie viel Zeit war wohl vergangen? Ich trank etwas Wasser und aß etwas von der Speise, die Barki mir auf die Schnelle eingepackt hatte. Das Feuer glühte nur noch und ich überlegte, was ich tun würde. Also nahm ich die nächste Fackel, packte mir zur Sicherheit ein paar Sachen zusammen und brach auf. Ich dachte, wenn ich alles mitnehmen würde, würde ich mit dem ganzen Gepäck vielleicht nicht gut vorwärts kommen. Der Weg, der sich vor mir zeigte, war am Anfang recht eng. Ich kam mir ziemlich tapsig vor, aber einfach so herumsitzen war auch nicht meine Stärke. Also ging ich weiter und stieß auf eine weitaus größere Höhle. Sie war nicht nur breiter, sondern auch wesentlich höher. Ich schaute mich nach Tieren um, welche mich überraschen könnten. Es war nichts zu

sehen. So ging ich ringsherum die Höhle ab und fand einen weiteren Gang. Auch dieser war wieder recht eng und endete nach einer Weile in einer noch größeren Höhle. Als ich die Fackel in die Höhe hielt, glitzerte es an den Wänden, auch kam es mir so vor, als ob es hier wesentlich wärmer war. In Ruhe schaute ich mir alles an und beschloss auch meine restlichen Sachen hierher zu holen. So verging einige Zeit und ich hoffte nur, dass ich hier nicht so lange bleiben müsste. Ich suchte nach einer passenden Sitz- und Schlafgelegenheit für mich. Bei einer Wand sah es zumindest so aus, als wartete diese förmlich auf mein Kommen, und dort nun wollte ich mich niederlassen. Ich konnte hier sogar etwas meine Jacke öffnen und hoffte kein Feuerholz nur zur Wärme verbrauchen zu müssen. Nach einer Weile ging ich ohne Gepäck durch die Höhle und versuchte mir jede einzelne Kante und Biegung einzuprägen, so gut es nur ging. Die Luft hier unten war erstaunlich frisch und ich fragte mich, woher sie wohl kommen mochte, denn bisher hatte ich keinen weiteren Ausgang entdeckt. Und ich glaubte auch nicht, dass ich ihn, wenn ich ihn gefunden hätte, hätte benutzen sollen, denn schließlich war der Drache hinter mir her. Also war ich gefangen. Dieser Gedanke bereitete mir Gänsehaut. Ich musste mich ablenken und was vertrieb die Zeit schneller als Meditieren. Genau dabei hatten wir oft jegliches Zeitgefühl verloren. Wie passend. Ich würde also einfach hier unten weiter üben. Gut so, Chaido, dachte ich, mach dir einen Plan und dann wird alles gut, bald bist du wieder hier heraus.
Das Ganze funktionierte den ersten Tag und auch den zweiten und dritten, aber bald zog die Ungeduld in mir ein und mir war bewusst, dass mein Essensvorrat und mein Wasser zur Neige gingen. Wann bitte käme endlich Pakka wieder? Noch hatte ich drei Fackeln. Ausgehen lassen durfte ich das Feuer nicht, also

hatte es keinen Sinn damit zu sparen, denn wäre das Feuer einmal aus, könnte ich es nicht neu entzünden. Ständig ging ich die Höhlen und Wege ab, um mir alles genau einzuprägen. Aber ich kam mir wie eine Gefangene vor und ich hatte Angst mir die Frage zu stellen, was sein würde, wenn niemand mich holte.
Nach den vielen, vielen Stunden ging mein Feuer endgültig zur Neige. Ich hatte nur noch für kurze Zeit Licht, dann würde es furchtbar dunkel um mich herum werden. Auch meine Nahrung ging zu Ende und in mir stieg die Verzweiflung hoch. Wie viel Tage bereits vergangen waren, konnte ich nicht sagen. Ich war entweder wach oder schlief, aber ich wusste nicht, ob es gerade Tag war oder Nacht. Und dann geschah es –auch die letzte Fackel wurde im Licht immer kleiner, bis sie letztendlich ausging. Dann zog die völlige Dunkelheit ein.
Mit angezogenen Knien und den Kopf darauf saß ich da und weinte und weinte und konnte mich kaum beruhigen, bis ich schrie. Aber meine Schreie hallten nur noch lauter zurück. Irgendwann hatte ich keine Kraft mehr dafür, keine Tränen mehr in den Augen, nur noch das Verlangen nach Licht, Nahrung und Wasser. Und so aß ich das letzte Stück Brot und trank das Wasser leer. Meine Gedanken wussten nicht mehr, ob ich hoffen oder aufgeben sollte. Wurde ich vergessen oder gar verraten? Aber nein, Pakka würde das doch nicht tun. Auch diese Gedanken waren irgendwann zu Ende gedacht und dann saß ich nur noch alleine mit mir. Jetzt war wohl die Zeit gekommen sich selbst aufzugeben, dachte ich. Ich schloss die Augen und überließ mich dem Schicksal.
Nach einiger Zeit wachte ich wieder auf und nichts hatte sich geändert. Ich saß also nur da und schaute in das dunkle Nichts. Plötzlich nahm ich schwarze Männer wahr, die durch die Höhle schritten. Sie gingen durch Wände hin und wieder zurück.

Sahen sie mich gar nicht? Ich schien zu halluzinieren, dabei konnte ich sie doch deutlich in der Dunkelheit erkennen. Stunden später saß mir plötzlich eine fremde Frau gegenüber und fing an, sich mit mir zu unterhalten. Ich musste träumen oder schon tot sein, sprangen meine Gedanken im Kopf hin und her.
„Kannst du oder willst du mich nicht hören? Guten Tag, Chaido, ich bin deine Großmutter und werde dir für kurze Zeit hier in der Dunkelheit Gesellschaft leisten“, sagte eine weiche Frauenstimme.
„Wie hast du mich gerade hier gefunden? Wer bist du, meine Großmutter? Bist du bereits tot? Woher kennst du mich, wir hatten uns nie kennengelernt? Was willst du von mir? Und wer sind die schwarzen Männer hier?“ Mitten beim Fragen fing ich wieder an zu weinen. Meine Nerven hatte keinen Schutz mehr.
„Immer mit der Ruhe, Chaido, ich werde dir gleich alles erzählen, wir haben ja Zeit.“
Ach was soll´s, dachte ich, entweder war ich schon tot oder würde es gleich sein, warum sich dann nicht ein wenig die Zeit vertreiben und sich unterhalten mit jemand, die sagt, sie wäre meine Großmutter. Aber die Unterhaltung wurde besser als ich geahnt hatte. Die Frau war wirklich sehr weichherzig und ich hatte das Gefühl, ihr alles über mich erzählen zu können und so redete ich und redete und redete alles aus mir heraus. Ich glaube, ich hatte nichts ausgelassen von meinem Leben, sogar, dass mein Herz kurzzeitig an diesem Fosco gehangen hatte. Ich fühlte mich sehr erleichtert, dies alles mal erzählen zu können und ich bekam die Chance, die hochkommenden Gefühle nochmals zu spüren und zu verstehen, sodass ich nicht geschwächt war danach, sondern mich gestärkt fühlte. Als ich alles erzählt hatte, lächelte mich die Alte sehr liebevoll an und meinte, dass die Ahnen immer hinter mir stehen würden.

Dann verschwand meine Großmutter einfach und ich war wieder alleine, dennoch war es irgendwie anders geworden. Die schwarzen Männer sah ich hin und wieder vorbeigehen, aber sie reagierten nicht und wenn ich aufstand, um mich ihnen in den Weg zu stellen, gingen sie einfach durch mich hindurch. Irgendwann ließ ich nach und akzeptierte einfach ihr Vorhandensein, so wie sie mich in der Ecke zu akzeptieren schienen. Nach einiger Zeit fühlte ich sogar etwas wie Geborgenheit bei ihnen. Mir war nicht bewusst, dass es Überschnitte von einzelnen Dimensionen waren.
Ich schlief wieder ein und hatte einen seltsamen Traum. Woher auch immer dieses Gefühl zu kommen schien, mir war, als wurde ich aus weiter Ferne gerufen. Eine mir wohlbekannte Stimme näherte sich. Es war Dragsia. Ich freute mich, Dragsia als meine Retterin zu sehen, aber Dragsia klang sehr, sehr besorgt. Und so fing sie an zu erzählen.
„In meinem Land hier, in einer fernen Dimension, passiert gerade etwas sehr Schlimmes, Chaido. Ein überaus gefährlicher Gegner ist aufgetaucht und verbreitet Angst und Schrecken. Die böse Macht ist nun zu uns gekommen und hat Einzug gehalten. Systematisch vernichtet der schwarze Drache, den alle Noriax nennen, alle Neugeborenen und nicht nur die, er sucht alle Ecken nach unserer Brut ab und zerstört diese. König Astragon und ich sind sehr besorgt. Wenn wir nicht bald einen Sohn zeugen, wird unser Königreich vernichtet werden. Denn ein Orakel besagt, dass nur unser Königssohn das Reich noch retten könnte. Aber, aber ich kann meine Brut nicht hier im Reich lassen. Es ist zu gefährlich und daher komme ich zu dir. Chaido, ich brauche deine Hilfe. Du, Drachenkind, kannst unser Reich retten.“
Dann wurde ihre Stimme schwächer und leiser und ich erwachte aus meinem Traum. Verwirrt saß ich da. Dragsia

benötigte also meine Hilfe, dachte ich, und ich saß hier in dieser Höhle fest. Wie sollte ich nur für sie da sein können? In meiner Zeit des Wachseins grübelte ich ständig weiter. Das machte Hunger und mein Magen meldete sich immer stärker. Ich spürte, wie ich immer schwächer wurde und bald lag ich mehr als ich umherging.
Viele Stunden später versuchte ich wieder einzuschlafen, um eventuell weiterträumen zu können. Und ja, es klappte. Dragsia kam wieder auf mich zu.
„Hast du dich entschlossen, Chaido, willst du uns helfen?“, fragte mich Dragsia.
„Aber ja, sicher. Liebe Dragsia, aber wie kann ich dies nur tun, ich sitze hier fest in dieser Höhle“, gab ich zurück.
„Du kannst helfen, Chaido, aber es ist nicht ganz ungefährlich.“
„Bitte sag, was ich für dich tun kann und ich werde es tun.“
„Leg dich hin, Chaido, bitte und bewahre Ruhe. Hier, das ist das Königsdrachenei, unser zukünftiger Sohn. Er benötigt Wärme, Geborgenheit und vor allem Sicherheit. In dir ist er gut aufgehoben.“ Dragsia nahm ihr Ei und legte es in meinen Bauch hinein.
„Du, Chaido, bist stark, du wirst es schaffen und deine Prophezeiung erfüllen. Ich muss wieder zurück in unser Königreich, niemand außer der König und ich wissen davon. Ich werde dafür sorgen, dass du in der Höhle versorgt wirst. Vertraue mir, alles wird gut. Du bist so wunderbar, Chaido, danke, wir danken dir aus tiefstem Herzen“, ihre Worte wurden wieder leiser und leiser und ich wachte auf.

Was für ein seltsamer Traum! Ich glaubte, jetzt war doch bald meine letzte Stunde gekommen, das war doch alles sehr seltsam. Aber meine Hände glitten dennoch über den Bauch. Nicht weit von mir sah ich nun ein kleines blaues Licht. Dieses war zuvor nie da gewesen. Mit letzter Kraft stand ich auf und

schleppte mich dorthin. Verblüfft schaute ich nach unten. Da standen etwas Brot, ein Schälchen Wasser und Nüsse. Gierig griff ich danach und ohne mich weiter zu fragen, ob das die Realität war, stopfte ich mir alles in den Mund, sodass ich husten musste. Aber ich hatte Hunger, großen Hunger. Das Wasser schmeckte wie eines der leckersten Getränke auf Erden. Ich stellte alles Leere zurück und ging wieder zu meinem Platz zurück. Das war schon seltsam, was mir hier passierte, dachte ich. Erst jetzt beim Hinsetzen spürte ich, dass mein linker Unterarm schmerzte und sich wund anfühlte. In der Dunkelheit aber konnte ich nichts erkennen. So versuchte ich das Gefühl zu ignorieren. Das Essen hatte mich wieder gestärkt und ich genoss es, mich nicht mehr so schwindelig und schwach zu fühlen.
Immer öfter erwischte ich mich dabei, dass meine Hände auf meinem Bauch lagen, so, als müssten sie etwas beschützen und behüten. Ich beschloss zu meditieren, um eventuell etwas sehen zu können. Meine Hände beließ ich auf dem Bauch. In der Höhle kam ich ziemlich schnell in die Meditation hinein und so sah ich nach einer Weile das Drachenei tatsächlich in meinem Bauch liegen. Es fühlte sich nicht schlecht an und Angst hatte ich auch keine.
Regelmäßig fand ich beim kleinen, blauen Licht etwas zu essen und zu trinken. Meine Kräfte kehrten allmählich zurück und ich schöpfte Mut, dass ich doch noch eines Tages aus der Höhle herauskommen würde. Mein Körper war wieder belastbar, aber nicht nur mein Körper war gestärkt, sondern auch innerlich war jetzt alles anders. Ich war anders. Ich spürte, dass die kleine hilflose Chaido gegangen war und jetzt eine völlig Neue in der Höhle stand.
Jetzt sprach ich auch oft laut vor mich hin und sang. Ich vernahm meine Stimme und entdeckte die reine Schönheit in

ihr. So erging es auch mit meiner Nase. Ich roch an allem, egal wo ich mich befand. Mir war zuvor nie klar gewesen, dass sogar Wasser einen Geruch hat. Ich veränderte die Meditation ein wenig und versuchte in ihr Dinge zu fühlen, die ich bereits kannte. So holte ich mir die Empfindung zurück, wie es war, im Rasen zu liegen und den Sonnenschein zu spüren. Nach kurzem Üben wurde es sehr intensiv und ich bekam eine kleine Art von Leben zurück. Was ich nie gedacht hatte, passierte nun. In dieser intensiven Zeit spürte ich, dass sich meine Einstellung auf die Umstände hier verändert hatte. Ich akzeptierte mich, mein Dasein hier. Ich unterdrückte weder meine Traurigkeit noch genoss ich Freude, wenn sie leise aufkam. Freute ich mich jetzt, dann sang ich, tanzte und ging richtig aus mich heraus. Was ich auch fühlte, ich nahm es nicht mehr nur ein wenig wahr, ich spürte alles in seinem ganzen Umfang. Ich fing wieder an, meine Übungen im Kampfsport zu absolvieren. Auch wenn die Dunkelheit am Anfang ein klein wenig hinderlich war, so wurde sie bald zu meiner Verbündeten dabei. Die Zeit verflog und meine Traurigkeit wurde immer weniger. Mein Wachsein war durchtränkt von vielen Tätigkeiten, bis ich eines Tages eine mir bekannte Stimme hörte und von Weitem Fackeln wahrnahm. Als die Stimmen immer lauter an mich herandrangen, spürte ich überschwängliche Freude in mir aufkommen.
„Hierher! Hier bin ich! Pakka, Barki, könnt ihr mich hören?“, schrie ich so laut ich nur konnte.
„Chaido, mein Mädel, ich höre dich“, kam es von Pakka zurück.

Als die beiden mit ihren Fackeln näher kamen, wich ich zurück, denn das Licht der Fackeln blendete meine Augen.

„Barki, bleibe hier mit den Fackeln stehen, ich gehe zu Chaido hinüber und hole sie“, sagte Pakka zu Barki und es war nicht zu übersehen, wie groß seine Freude war.

„Chaido, mein Kind, ich freue mich so sehr dich wiederzusehen. Wir hatten solche Angst um dich, Chaido, komm, lass dich drücken!“
Pakka rollten die Tränen aus den Augen und auch ich konnte nur noch heulen, als er mich endlich in seine Arme schloss. Es war ein inniges Drücken und unsere Herzen hüpften bis zum Hals.
„Dir geht es gut, Chaido, ich bin so glücklich. Ich habe jeden Tag so viel gebetet und ab und zu hatte ich das Glück dich in meinen Visionen zu sehen.“ Pakkas Worte waren ergreifend.
„Ich nehm dich jetzt mit hier raus. Danke, dass du das überlebt hast, danke, danke. Ich bin so glücklich, Chaido!“
Ich lächelte und drückte Pakka aus tiefstem Herzen.
„Ja, Pakka, ich habe überlebt!“
„Komm, mein Drachenkind, ich werde dir jetzt die Augen verbinden, damit du dich langsam wieder an das Licht gewöhnen kannst.“
Und Pakka holte ein Tuch aus seiner Tasche und verband mir damit die Augen. Dann wollte er mich zu Barki führen, aber ich kannte jede Ecke in der Höhle und brauchte keine Führung.
„Barki, es ist schön dich wiederzusehen, wenn auch gerade nicht mit meinen Augen“, lachte ich ihn an.
„Du bist wundervoll, Chaido, du hast es tatsächlich geschafft, komm in meine Arme!“
Auch von Barki wurde ich herzlich umarmt. Es war wundervoll, wieder anderes Leben zu spüren.
Beide brachten mich zurück zum Höhleneingang, dabei staunten sie sehr, wie sicher ich mit der Dunkelheit umging. Draußen spürte ich Sonnenstrahlen auf meiner Haut, es war warm und ich hatte noch immer keine Ahnung, wie viel Zeit inzwischen vergangen war. Aber das alles war gerade nicht wichtig, wichtig war es zu spüren, wie herrlich die Freiheit

roch. Wir kamen in der Hütte an und es roch intensiv nach Salbei, Rosmarin und Weihrauch, aber auch nach einer leckeren Suppe.
„Hm, ihr habt gekocht! Ich freue mich sehr auf eine leckere Suppe von euch und dann erzählt mir bitte alles, was passiert ist.“ Ich setzte mich nieder auf einen Stuhl und fühlte mein Zuhause.

Ich glaube, ich hatte noch nie eine so lecker schmeckende Suppe gegessen wie an diesem Tag. Nun war ich aber gespannt, was alles passiert war und warum sie mich so lange alleine gelassen hatten. Pakka fing an zu erzählen.
„Nachdem ich dich in die Höhle gebracht hatte, verging tatsächlich nur ein Tag, da war der bösartige Drache bereits hier. Barki hatte den glorreichen Gedanken gehabt und Stinkasant mit zum Verräuchern benutzt. Es war ein höllischer Gestank, aber dieser schaffte es, dass der Drache zumindest hier bei unserer Hütte nichts von dir riechen konnte. Aber er nahm natürlich rundherum etwas von dir wahr und so kam er auch der Höhle, in der du dich versteckt hattest, sehr nah. Er ließ sich nicht ablenken und verweilte lange Zeit hier in der Gegend. Einigen von uns zerstörte er wütend ihre Hütten. Wir blieben verschont, weil er wohl den Geruch des Stinkasants nicht vertrug. Kein Wunder, dass man es auch Teufelsdreck nennt.“
Pakka lachte dabei laut auf und erzählte aber gleich weiter.
„Wir mussten noch eine Weile warten, um wirklich sicher zu sein, dass er sich von der Gegend hier verabschiedet hatte. Ich nehme an, dein Geruch wurde eben auch immer weniger. Oft saßen Barki und ich hier und grübelten, wie wir dir Nahrung bringen könnten. Uns war klar, dass das Eingepackte in der Höhle nicht sehr lange reichen würde. Wir hatten auch nicht

damit gerechnet, dass der Drache so ausdauernd sein würde. Beide haben wir jeden Tag viel an dich gedacht und gebetet und gehofft, dass du innerhalb der Höhle eine Möglichkeit finden würdest zum Überleben. Manchmal war unser Glaube stark und manchmal zweifelten wir. In diesen Momenten bekam ich Visionen, in denen ich dich lebend in der Höhle sah und wir schöpften wieder Mut. Hätten wir auch nur einmal die Höhle geöffnet, der Drache hätte es mitbekommen, es war einfach viel zu riskant."

Pakkas Stimme wurde traurig und ich suchte seine Hand, um sie zu drücken.

„Ja, Chaido, es war eine sehr schwere Zeit gewesen, aber jetzt wollen wir gerne von dir hören, wie es dir dort drinnen ergangen ist", warf Barki mit neugieriger Stimme ein.

„Barki, wie viel Zeit ist überhaupt vergangen? Ich bemerkte einen wärmenden, leichten Wind auf meiner Haut. Ist der Winter schon vorüber?"

Jetzt musste ich das doch erst einmal wissen.

„Ja, der Winter ist vorbei, die ersten Frühjahrsblumen schauen aus der Erde. Schade, dass du sie noch nicht sehen kannst", sagte Barki.

„Schön, es ist gut Wärme zu spüren und neues Leben zu erblicken, aber bald werde ich alles wieder sehen. Ich nehme an, es dauert ein paar Tage, bis sich meine Augen wieder ans Licht gewöhnt haben werden. Es war auch komisch in völlige Finsternis hineinzugehen. Am Anfang hatte ich noch ein wenig Licht von den Fackeln, aber als diese abgebrannt waren, verlor ich alles in und außerhalb von mir. Ich haderte viel und sah eigenartige schwarze Gestalten, die durch die Höhle zogen. Später bekam ich Besuch von meiner nie zuvor gesehenen Großmutter", erzählte ich und machte eine nachdenkliche Pause.

„Du hast Besuch von deinen Ahnen bekommen? Ein gutes Zeichen, Chaido, sie stehen also voll und ganz hinter dir!“, warf Pakka in die Stille ein.
„Und dann, noch etwas später sah ich wieder ...“, ich verstummte und drückte Pakkas Hand. Ich wusste nicht, ob ich es jetzt laut gegenüber Barki aussprechen durfte.
Aber Pakka beruhigte mich: „Chaido, mein Kind, ich habe Barki alles erzählt, als der Drache hierher auf den Weg war, sonst hätten wir nicht so zusammenhalten können. Natürlich fragte mich Barki, warum du in die Höhle musstest. Du kannst hier offen sprechen, Chaido, und Barki vertrauen, er hat alles dafür getan, dass der Drache dich nicht findet.“
Dann suchte meine andere Hand nach Barki.
„Danke, Barki, danke. Dann erzähle ich mal weiter. Also die Drachenkönigin Dragsia kam zu mir. Ihr und dem König ging es nicht gut, denn auch dort wütete ein furchterregender, grausamer Drache mit Namen Noriax und brachte alle Nachkommen um.“ Und wieder legte ich eine Pause ein und überlegte, ob ich ihnen etwas vom Drachenei erzählen sollte. Ich beschloss diese Neuigkeit vorerst noch für mich zu behalten, fuhr dann aber mit dem Erzählen fort: „Dragsia hat mich mit Nahrung und Wasser versorgt. Regelmäßig fand ich etwas bei einem kleinen blauen Licht. Das machte mir sehr viel Mut, gab mir Kraft zurück und ich meisterte die Zeit, bis ihr kamt, um mich zu holen. Übrigens, Barki, wir sollten mal wieder eine Trainingseinheit einlegen, ich habe fleißig geübt.“

Barki drückte mich innigst: „Du hast viel durchmachen müssen, Chaido, ruhe dich erst einmal aus. Wir werden dir alle zwei Tage einen anderen lichtdurchlässigeren Verband um deine Augen machen, und danach werden wir auch wieder üben.“ Seine Stimme klang weiterhin besorgt.

„Barki, ich bin nicht müde, es geht mir gut!“, versuchte ich mich gegen ihn aufzulehnen.
Pakka lachte und sagte: „Ich wusste, was hier fehlte ... Leben, Leben fehlte hier in der Hütte. Und weißt du, was wir heute Abend machen? Na? Wir feiern jetzt erst einmal deinen Geburtstag nach. Lasst uns heute Abend fröhlich sein, musizieren, tanzen und das Leben genießen.“
„Eine gute Idee!“, warf Barki gleich ein, „ich werde meine Panflöte hervorzaubern, das wird ein Spaß werden!“
„Pakka, kannst du mir behilflich sein und mir neue Kleidung geben?“, fragte ich ihn, denn ich wollte endlich aus meiner heraus.
„Aber ja doch, Chaido, komm mit!“, und Pakka führte mich in meine Nische. Noch in seinem Beisein zog ich mein Oberteil aus.
„Was hast du da auf deinem linken Unterarm, Chaido?“, fragte mich Pakka.
Ich glitt mit meiner rechten Hand über meinen linken.
„Nichts, es hatte nur vor einiger Zeit mal etwas gebrannt am Arm und ein wenig geschmerzt, aber dann war es weg und ich habe nicht weiter nachgegrübelt, denn ich sah ja doch nichts. Wieso Pakka, was ist dort?“
Pakka nahm meinen Arm in seine Hände und glitt mit den Fingern über die Haut. Ich spürte seine Unsicherheit, was mich total neugierig machte.
„Chaido, du hast eine Zeichnung auf deinem Arm, es ist etwas in deine Haut hineintätowiert. Man kann es nicht wegwischen.“
„Pakka, mache es jetzt bitte nicht noch spannender, als es schon ist. Sag mir jetzt, was du siehst!“ Ich war einfach ungeduldig geworden.

„Ich sehe eine junge Frau, eine wirklich starke, kämpferische junge Frau mit einem Drachen, der als Wegbegleiter neben ihr ist. Ein friedlicher Drache, ein wundervolles Exemplar.“ Pakkas Stimme war ehrfurchtsvoll.
Ich war mehr als überrascht, aber schwieg, dachte ich doch sofort an das Drachenei in mir. Aber ich konnte es Pakka nicht sagen, denn wer würde das alles schon glauben ... Zudem sollte das Ei ja in Sicherheit sein und umso weniger davon wussten, umso besser. Aber es fiel mir auch nicht einfach, Pakka nicht zu antworten.
Ich hörte, wie Pakka meine Nische verließ und zog mich weiter um.

Es dauerte fast vierzehn Tage, bis ich die Augenbinde völlig beiseitelegen konnte. Es war wundervoll, wieder alle Geschöpfe und Wesen um mich herum sehen zu können. Ich hatte den Anblick der Pflanzen und Tiere und des Himmels so sehr vermisst.
Langsam begann wieder normaler Alltag bei uns. Pakka und Barki staunten über mich, da ich in dieser kurzen Zeit so viel mehr gelernt hatte als jemals zuvor. Ich war jetzt für sie eine ebenbürtige Mitbewohnerin geworden. Als ich mit Barki in den Wald ging, um frische, junge Pflanzen zu sammeln, wurde mir plötzlich schwindelig. Ich sackte in mich zusammen und Barki brachte mich auf dem kürzesten Weg zurück in die Hütte.
„Was ist mit Chaido los, Barki?“, rief Pakka ihm mit fragendem Blick zu. „Schnell, lege sie in ihre Nische, ich komme sofort nach!“
Beide wirbelten um mich herum und fragten mir Löcher im Bauch.
„Chaido, hast du etwas eingenommen heute Morgen, was dir nicht bekommen ist?“

„Nein, Pakka, ich habe das schon zu Barki gesagt, ich weiß nicht, was mit mir ist. Plötzlich hatte ich keine Kraft mehr und mir wurde schwindelig."
Mir war tatsächlich sehr mulmig und dies verschlimmerte sich von Stunde zu Stunde, bis ich um mich herum kaum noch was wahrnahm. Ich bekam Fieber.
„Barki, los, hole etwas Wasser, wir werden Umschläge machen, dann zünde eine Kerze an und verdunkle den Raum. Nimm etwas von den Kräutern da aus dem Kästchen und koche einen Tee davon", sprach Pakka mit besorgter Miene zu Barki. „Irgendetwas ist hier faul und wir werden herausfinden was!"
Pakka deckte mich mit einer leichten Decke zu und hielt meine Hand. Immer wieder strich er mir über meine Wangen.
„Ich glaube, Chaido, du hast uns etwas verschwiegen, mein Bauchgefühl ist irgendwie eigenartig", murmelte er vor sich hin. Er bemerkte wie meine Hände, wie schon so oft, auf dem Bauch lagen. „Natürlich, warum ich nicht gleich draufgekommen bin", sagte er jetzt lauter. Pakka strich den Ärmel von meinem Kleid hoch und betrachtete die Tätowierung. „Ich wusste doch, da stimmt etwas nicht, du warst viel zu schweigsam gewesen, was das Tattoo betraf!", sprach er zu mir. „So, Chaido, und nun erzählst du mal alles darüber!", sprach er hart und stupste mich an.

Chaido´s Tattoo

Aber ich war schon ganz woanders. Das Fieber wurde stärker und mir war, als ob ich zurück in die Höhle versetzt wurde. Es war wie damals, nur, dass das blaue Licht heute stärker leuchtete und ich etwas sehen konnte. Dragsia wartete bereits auf mich.

„Guten Tag Chaido, es tut mir leid, dass es dir gerade nicht so gut geht, aber das Drachenbaby will aus seinem Ei heraus. Die Zeit ist schnell vergangen, lass uns ihm helfen."

„Wie geht es dir, Dragsia, und was macht euer Reich?", erwiderte ich ihr. „Ich habe lange über den furchtbaren Drachen nachgedacht und gehofft, er würde besiegt werden."

„Chaido, Noriax ist wirklich furchtbar und grausam. Wir konnten ihn nicht aus dem Reich vertreiben. Der König und ich haben uns viele Gedanken um unseren kommenden Sohn gemacht. Er ist nicht sicher bei uns und wir brauchen ihn doch so sehr. Du, Chaido, hast aber sehr gut über ihn gewacht, du wirst es auch weiterhin schaffen ihn zu behüten, bis er in unsere Dimension zurückkehren kann. Und nun lass uns ihn begrüßen, er ist schon ganz ungeduldig und ich auch." Dragsia zeigte mir eine Stelle, wo ich mich hinlegen sollte. Ich schloss die Augen und spürte, wie Dragsia etwas aus meinem Bauch zu holen schien.

„Komm, öffne die Augen, Chaido, und begrüße den Drachenprinzen!"

Ihre Stimme klang so überaus freudig und auch ich konnte es kaum erwarten den Drachen zu sehen.

„Dragsia, ist der aber süß", rutschte es mir heraus. Vor mir stand eine kleinere Version von Dragsia, aber seine Schuppen waren nicht rot, sondern eisblau. Er reichte mir gerade bis zum Knie und stand etwas wackelig auf seinen Beinen. Ich spürte ein unbändiges Gefühl. Am liebsten hätte ich ihn umarmt und geknuddelt. Dragsia tanzte förmlich um ihn herum. Ich hatte sie noch nie so freudig erlebt.

„Komm, Chaido, gib ihm einen Namen", sprach Dragsia zu mir.

„Ich? Bist du dir sicher? Und wenn der Name dem König nicht gefällt?“, ich war ganz aufgeregt, aber im Kopf ging ich bereits viele Möglichkeiten durch.
„Wir hatten das bereits abgesprochen, Chaido, der König ist dir genauso dankbar wie ich es bin. Komm, gib ihm einen Namen!“ Dragsia schubste mich mit ihrem Kopf zu dem Kleinen hin.
Ich sank auf die Knie und musste ihn umarmen, er war einfach ein traumhaftes Geschöpf und ich liebte ihn bereits jetzt aus tiefstem Herzen.
„Rasmus soll er heißen, Dragsia! Rasmus wird sicher ein großer, starker und vor allem kluger Drache werden. Da bin ich mir sicher“, sagte ich und grinste dabei übers ganze Gesicht.

Dragsia nahm ihren Rasmus unter ihre Flügel und leckte ihn ab. Dann sprach sie etwas in einer Sprache, die ich nicht verstand. Aber Rasmus schien darauf zu reagieren und tänzelte umher.
„Ich werde dem König alles berichten von unserem fantastischen Sohn und auch von dir, Chaido. Geh nun zurück, dein Fieber wird schwinden, und hole Rasmus dann aus der Höhle. Er wird dein Begleiter werden. Ich muss leider schon wieder zurück, Chaido. Wir werden uns wiedersehen und wenn du Rasmus hier herausholst, wartet noch etwas auf dich, lass dich überraschen. Mach´s gut, liebe Chaido, bis bald!“ Dragsia ging mit ihren Flügeln über meinen Kopf hinweg.

Barki und Pakka beobachteten, wie mein Kopf hin und her schwankte und ich im Fieberwahn sprach. Barki zeigte auf meinen Arm: „Schau hin, Pakka, ihr Tattoo, es leuchtet, glüht förmlich auf ihrem Arm.“

„Ja, Barki, da hat uns Chaido wohl doch etwas verschwiegen. Kennst du einen Rasmus, Barki? Chaido spricht andauert von ihm." Pakka war erschöpft von der Aufregung.
Barki schüttelte nur den Kopf und wechselte bei mir die Umschläge. Langsam wurde ich ruhiger und das Fieber sank. Einige Stunden später öffnete ich die Augen und sah Pakka und Barki neben mir sitzen und schlafen.
„Hey, ihr beiden Schlafmützen, wacht auf!" Ich tippte beide vorsichtig mit meinem Finger an.
„Chaido, mein Kind, warum jagst du uns immer so einen Schrecken ein?" Pakka wusste grad nicht, ob er sauer sein sollte oder sich übermäßig freuen sollte.
Barki küsste mich vor Übermut auf die Wange. „Schön, dass du wieder bei uns bist, Chaido!"
„Ihr seid einfach zu lieb, ich bin sehr froh, bei euch zu sein. Aber ich muss euch was Dringendes beichten."
„Ja, Chaido, das glaube ich auch, es war eine aufregende Zeit hier mit dir", sprach Barki.
„Es tut mir sehr leid, Pakka und auch Barki, aber es war zu geheim, um euch etwas davon zu erzählen. Wir müssen dringend zur Höhle."
„Nirgends gehst du hin, du ruhst dich mal schön aus!", befahl Pakka gleich.
„Nein, Pakka, wir haben Zuwachs bekommen, wir müssen zur Höhle und ihn holen", erwiderte ich.
„Was oder wen müssen wir holen?", sprach Barki dazwischen.
„Rasmus müssen wir holen!", gab ich sofort zurück und machte große Augen.
„Wer ist jetzt Rasmus? Du hattest in deinem Fieberwahn schon ständig den Namen gesprochen und dabei gelächelt." Barki klang fast ein wenig eifersüchtig.

„Nun lass mich doch mal ausreden, Barki!“, sprach ich jetzt ein Machtwort und ich begann die ganze Geschichte zu erzählen, von Dragsia und dem Ei und was alles so Schlimmes in ihrem Reich passierte. „Und nun, nun müssen wir schnell zur Höhle und Rasmus dort herausholen, er wartet dort auf uns!“, beendete ich meine Erzählung.
„Ja dann hoch mit dir, Chaido“, sprach Pakka und half mir. „Begrüßen wir unseren neuen Mitbewohner!“
Schnell gingen wir zur Höhle. Pakka nahm seinen sternförmigen Stein und öffnete damit den Eingang. Ich rannte hinein und rief nach Rasmus, der auch nicht lange auf sich warten ließ. Seine eisblaufarbenen Schuppen leuchteten im Dunkeln. Noch etwas tapsig kam er mir entgegen und um seinen Hals leuchtete eine Kette mit einem Amulett.
„Das ist für dich, Chaido!“, hörte ich Rasmus‘ Stimme zum ersten Mal. „Meine Mutter sagte, ich soll es dir geben, also nimm es bitte an dich und behüte es gut!“
Es war wundervoll, einmalig schön. Ich zog die Kette mit dem Amulett über Rasmus‘ Kopf und legte es in meine Hand. Es glühte kurz auf und ich sah wieder das Pentagramm, zusammen mit einem Drachen. Barki und Pakka staunten sehr.
„Darf ich euch Rasmus vorstellen und Rasmus, darf ich dir Pakka und Barki

Chaido´s Amulett

vorstellen, meine Freunde. Wir werden zusammen leben!"
Aber ich hatte den Satz noch nicht mal ausgesprochen, da sah ich schon, wie Barki sich mit Rasmus angefreundet hatte und Pakka sehr ehrfurchtsvoll zu Rasmus hinsah.
„Ich glaube, wir werden uns gut verstehen!", sprach Pakka und lächelte tief aus seinem Herzen heraus.
Rasmus war ein wilder kleiner Kerl. Er zeigte uns alle Facetten von Gefühlen. Mal war er wild und schlug übers Ziel hinaus, dann war er so zahm, das man ihn einfach nur lieb haben musste. Er bewies Ehrgeiz, indem er uns immer neue Herausforderungen stellte. Manchmal fragte ich mich, wer gerade mehr lernte, er oder wir. Seine Lieblingsspeise waren Löwenzahnblätter mit Fruchtmus. Woher er das hatte, war uns allen nicht klar. Er war witzig, brachte uns zum Lachen und seine Tollpatschigkeit ließ von Tag zu Tag nach. Schon nach kurzer Zeit war Rasmus fest in unser Leben intrigiert. Nachts schlief er mit in meiner Nische und wenn ich nicht aufpasste, kam er immer näher und näher, sodass ich uns morgens eng nebeneinander schlafend auffand. Rasmus lernte schnell. Ob es die Sprache war, die Bewegungen, das Zusammensein, er war einfach ein wissbegieriges Wesen. Wir staunten von Tag zu Tag, wie schnell Rasmus größer wurde. Den kleinen Babydrachen hatte er schnell hinter sich gelassen und in seinem jugendlichen Leichtsinn stellte er auch mal den einen oder anderen Unfug an. Der Frühling ging vorbei und der Sommer begann mit vielen heißen Tagen.
„Chaido, wir haben bald wieder Mittsommernacht! Wir müssen uns zusammensetzen und besprechen, was wir machen", sprach Pakka mich an.
„Oh ja, es ist schon gleich wieder so weit, wie die Zeit vergeht. Aber ich weiß leider nicht, ob wir überhaupt hingehen sollten. Zudem Rasmus nun auch bei uns ist und es wird sicherlich

viele Fragen geben, weil ich bei euch lebe. Ich weiß nicht, Pakka, was meinst du zu all dem?“, fragte ich ihn grübelnd zurück.
„Ich denke, wir sollten nicht kneifen. Wenn wir nicht kommen, werden die anderen Fragen stellen und erst recht neugierig werden.“
„Da hast du wohl recht, Pakka, gehen wir getrennt? Und was ist mit Rasmus?“, nachdenklich zog ich einen Flunsch.

Pakka lachte: „Man erkennt sofort, wenn du grübelst, Chaido! Ich würde sagen, wir gehen getrennt. Jeder für sich alleine!“
„Ja, Pakka, aber was ist mit Rasmus?“, erinnerte ich ihn erneut daran.
Er fuhr sich mit seinen Fingern durch den Bart, das machte er immer, wenn er irgendwie unsicher war.
„Rasmus kann nicht mit, aber er kann auch nicht alleine hier zurückbleiben.“
„Und wenn wir ihn mitnehmen und dort verstecken? Also draußen meine ich, außerhalb des Baumes?“ Aber ich war mir gerade nicht sicher, ob der Gedanke wirklich so gut war. Schließlich war Rasmus wie ein Jungdrachen nämlich sehr wechselhaft.
„Ich glaube, Chaido, wir werden es so machen. Wir gehen trotzdem alle drei getrennt hinein und werden gegenseitig auf uns achtgeben.“ Pakka war ganz zufrieden mit der Lösung.

„Aber bedenke, Pakka, noch immer ist der Verräter und Mörder von Janna nicht gefunden.“
„Das brauchst du mir nicht sagen, Chaido, ich grübele jeden Tag darüber nach und ich glaube zu wissen, wer es war. Ich will das Mittsommerfest nutzen, um mehr in Erfahrung zu bringen. Wir sollten alle sehr, sehr vorsichtig sein“, Pakkas Stimme klang

warnend. „Komm, Chaido, wir werden es Barki und Rasmus erzählen. Wo sind die beiden überhaupt?“

„Wo sie sind, Pakka?“, ich musste laut lachen. „So wie ich Barki und Rasmus kenne, flitzen sie mal wieder durch den Wald und machen komische Spiele.“

Babydrache Rasmus

Pakka musste mitlachen.

„Damit wirst du wohl recht haben, na dann warten wir bis nachher damit.“

Später kamen Barki und Rasmus nach Hause und zusammen mit Pakka schmiedeten wir Pläne.

Barki sollte zuerst durch den Baum gehen, später dann Pakka und als Letztes ich, damit Rasmus nicht so lange alleine war. Rasmus wollten wir verstecken und fingen den gleichen Abend noch an, ihm das beizubringen. Obwohl Rasmus wirklich sehr viele Dummheiten im Kopf hatte, verstand er es, wenn die Lage wirklich ernst war. Das erleichterte einiges. Es war komisch, ein drittes Mal dorthin zu gehen. Ich ging in meine Nische und suchte nach dem kleinen Kästchen von Dragsia. Erneut zog ich an dem kleinen, roten Zipfel und auch jetzt kam das wundervolle Kleid zum Vorschein. Es legte sich, trotz meiner körperlichen Veränderungen, immer noch wie eine zweite Haut um mich herum.

„Du siehst wundervoll aus, Chaido", sprach Rasmus, als er meine Nische betrat und mich im Kleid sah. „Mir kommen diese Schuppen irgendwie bekannt vor!"
„Oh ja, Rasmus, das müssen sie auch, es ist ein Geschenk deiner Mutter gewesen."
Rasmus sah irgendwie traurig aus. Er vermisste seine Mutter sehr, auch wenn er es bei uns gut hatte. Es war erstaunlich, wie schnell Drachen wuchsen und dennoch anschmiegsam blieben. Ich setzte mich zu ihm und erzählte etwas von seiner Mutter.
Mit jedem Tag wurden wir aufgeregter und eigentlich sollte doch das Sommerfest eine reine Freude bedeuten. Warum nur waren dann wir so nervös? War es wegen Rasmus oder wegen des anderen Drachen, der hier gewütet hatte, oder war es immer noch, weil mich jemand aus dem Weg räumen wollte und ihm dabei egal war, ob andere auch mit hineingerissen würden. Mein Bauchgefühl war seltsam – und dennoch wusste ich, ich musste wieder zum Fest gehen. Ich hatte es schon zweimal geschafft und würde es jetzt auch hinbekommen.

Unser Fußmarsch dorthin verlief schweigsam. Normalerweise alberten wir vier viel herum. Aber jeder hing diesmal seinen Gedanken nach und wusste, dass er wachsam sein musste. Rasmus konnte noch immer nicht fliegen. Er tapste mit seinen großen Füßen hinter uns her. Wir gaben bestimmt ein komisches Bild ab. Ein kleiner, stämmiger Mann, ein Faun, ein Drache und ich. Als wir nicht mehr weit vom magischen Baum entfernt waren, trennten wir uns voneinander. Barki ging als Erster los und direkt auf die Eiche zu. Rasmus und ich versteckten uns in einer Grube, die halb von Ästen und Laub bedeckt war. Bald müsste Pakka durch den Baum gehen, ging ich in Gedanken durch.

„Du bist so nachdenklich, Chaido, stimmt etwas nicht?“, fragte Rasmus mich plötzlich.
Ich schaute ihn liebevoll an und drückte ihn:
„Es ist alles okay, Rasmus, nur irgendwie, ich weiß auch nicht, wie ich es sagen soll, irgendwie ist mir komisch, so als wenn alles anders kommen würde.“
„Das kann gut möglich sein, Chaido, aber egal was kommt, du kannst es nicht verhindern, es passiert so oder so, das ist Schicksal!“
„Manchmal kann ich gar nicht glauben, dass du noch so ein junger Drache bist. Deine Worte übertreffen die meinen und klingen bereits jetzt schon weise.“
Meine Hand kraulte ihn unter seinem Maul, das mochte er immer so gerne.
„Ich bin hier, Chaido, und ich werde achtgeben. Geh du jetzt nur da hin und deiner Bestimmung entgegen.“ Seine Stimme klang dabei wie zartes Schnurren.
„Du bist lieb!“, mit diesen Worten drückte ich Rasmus ganz fest an mich. Dann versteckte ich mein Amulett unter dem Kleid, nahm meinen rubinroten, sternförmigen Stein aus der kleinen Schatulle und legte ihn in meine Hand. Ich nahm die Kiepe mit den vielen Kräutern auf den Rücken und ging ohne zurückzublicken auf die Eiche zu.
„Guten Tag, Fräulein Chaido!“, begrüßte mich eine tiefe Stimme.
„Guten Tag, liebe Eiche, schön dich wiederzusehen“, erwiderte ich, legte den Stein zwischen seine Augen und sprach den Spruch:

Hier leg ich nun das Pentagramm
Und übergib die Macht auf den Eichenstamm
Soll Magie die Nacht bewegen
Und niemand sich wehren dagegen.

Auch dieses Mal fand ich es erstaunlich, wie groß der Mund der Eiche werden konnte. Ich bedankte mich bei der Eiche und huschte hindurch. Es war bereits ziemlich spät, denn die meisten Gäste waren bereits da. Auf den Tischen war angerichtet, und das Holz für das Feuer aufgeschichtet. Die ersten Gäste nahmen mich gar nicht wahr. Dann aber kam eine der zierlichen hübschen Feen auf mich zu und begrüßte mich recht nett.
„Komm, Chaido, ich nehme dir die Kiepe ab, wir warten schon auf deine Kräuter. Schön, dass du da bist." Sie lächelte und tänzelte mit meiner Kiepe davon. Ich schaute mich um, ob ich Barki oder Pakka entdecken würde. Pakka stand bereits an den Tischen und naschte heimlich von den Tellern. Ich grinste in mich hinein. Dann sah ich einen ebenso alten Mann auf ihn zukommen, der ähnlich gekleidet war wie er. Sie unterhielten sich sehr aufgeregt. Aber um nicht aufzufallen, drehte ich mich in eine andere Richtung und grüßte hier und dort. Niemand fragte mehr nach Janna, das machte mich traurig. Da war auch Barki, der um die jungen Frauen umhertänzelte. Typisch Barki, dachte ich so, er konnte das Flirten nicht lassen. Aber die Feen schienen es zu mögen, sie alberten und kicherten. Dann sah ich am aufgeschichteten Holzstapel den weißbärtigen Rubeus stehen. Er schien irgendwie nicht zu altern, fiel mir auf. Plötzlich kam hinter ihm ein junger Mann hervor, der ganz in Schwarz gekleidet war und auch schwarze Haare hatte.

Erst überlegte ich hinzugehen, blieb aber doch jetzt auf einige Meter Abstand, um ihn zu beobachten. Der schwarze junge Mann schien nach allen Seiten zu schauen, so wie ich vor zwei Jahren, als alles neu für mich war. Aber vielleicht suchte er auch nur jemanden. Ich ging zurück zu den Tischen, wo die meisten schon anfingen sich Plätze zu suchen. Ich wollte nicht neben Barki oder Pakka sitzen und suchte daher nach einem anderen Platz. So setzte ich mich einfach zu den anderen Kräuterfrauen hin und schwatzte ein wenig herum. Ich fühlte mich angespannt, so wie damals. Es sollte doch ein Fest sein, warum nur konnte ich es nicht genießen? Nein, in mir stand alles auf Alarmbereitschaft und dazu gingen meine Gedanken zu Rasmus, ob er sich auch wirklich still verhalten würde. Die Speisen schmeckten wie jedes Jahr vorzüglich und auch der Waldmeistersirup war eine Köstlichkeit. Es wurde geschmatzt und sich ausgetauscht, es wurde getratscht und manchmal bekam ich mit, wie hinter vorgehaltener Hand und ganz leise über den Drachen erzählt wurde, der gewütet hatte. Bei der einen Frau bekam ich Folgendes mit.

„Man erzählt sich ja, dass der Drache jemanden gesucht hat, ein Mädchen soll es sein. Aber warum sucht er ein ganz bestimmtes Mädchen und warum mussten so viel von uns unter seinem Zorn, sie nicht zu finden, leiden?"

Sie tratschten und tuschelten und ich kam mir vor, als ob ich in der Mitte eines riesigen Bienenschwarms sitzen würde. Zum Glück dunkelte es bereits und das Feuer wurde entzündet. Bald war Mitternacht, fiel mir ein. Ich schlenderte in der Gegend umher, als plötzlich der Weißbärtige neben mir auftauchte und mich ansprach. Höflich grüßte ich zurück. Besonders gut war er aber nicht in meiner Erinnerung

Noyan

zurückgeblieben, mit einem flauen Gefühl dachte ich an das Jahr zuvor. Aber ich konnte ihm nichts nachweisen. Wie aus dem Nichts trat der junge Mann hinter ihm vor und der Weißbärtige stellte ihn als seinen jetzigen Lehrling vor. Von der Nähe betrachtet kam er mir aalglatt vor. Akkurat begrüßte er mich, gab mir aber nicht die Hand dabei. Seine Augen suchten Kontakt zu meinen. Ich bemerkte, wie seine runden Pupillen zu Strichen wurden und dass es mir eiskalt den Rücken entlanglief. Etwas in mir forderte mich auf wegzulaufen, aber ich konnte mich nicht bewegen. Dann plötzlich wandte er den Kopf ab und ging mit seinem weißbärtigen Meister fort. Ich stand wie angewurzelt. Und da mir auch sein merkwürdiges Amulett aufgefallen war, versuchte ich krampfhaft alles einzuordnen.

Noyans Amulett

Die Gäste versammelten sich wieder um das Feuer und bildeten einen Kreis. Es musste gleich Mitternacht sein. Der weißbärtige Rubeus begab sich erneut in die Mitte des Kreises und hielt seine Ansprache. Meine Augen suchten Pakka und Barki. Pakka musste am Ende stehen, ihn entdeckte ich nicht, dafür aber Barki. Ich versuchte seinen Blick einzufangen und ihm meine Besorgnis mitzuteilen. Aber dann begann das Feuerwerk, es knallte und leuchtete bunt in den Himmel, alle rannten wild umher. Etwas war aber anders als sonst. Das Feuerwerk schien außer Kontrolle zu geraten und das Feuer war dabei auszugehen. Ich drehte mich um und lief direkt in die Arme des schwarz gekleideten Mannes, der ein Tuch an mein Gesicht presste und dabei einen dunklen Umhang um mich warf. Eh ich mich versah, verschwamm vor mir alles und ich sackte zusammen.

In wenigen Sekunden hatten mich der schwarze Mann und der Weißbärtige von der Menge weggebracht, zum Ausgang hin. Als wir draußen waren, verwandelte sich der schwarze Mann in einen riesigen Drachen, der Weißbärtige schnappte mich und setzte sich mit mir auf den Rücken des Drachen. Mit wilden Flügelschlägen flog dieser mit uns davon.

Rasmus hatte in seiner Grube gelegen und brav gewartet, als er plötzlich den Geruch eines anderen Drachen wahrnahm. Neugierig hob er den Kopf und schaute zur Eiche hin. Er staunte nicht schlecht, als er sah, wie ein schwarz gekleideter Mann sich in einen Drachen verwandelte. Aber dann pochte es ganz wild in seinem Herzen. Er sah das rote Schuppenkleid von mir und meine hellen Haare. Leblos wurde ich auf den Rücken des Drachen gelegt und ein weißbärtiger alter Mann setzte sich dazu. Noch ehe Rasmus reagieren konnte, erhob sich der Drache und flog in die dunkle Nacht hinein. Rasmus wurde wütend und lief schnaubend zur Eiche hin. Er tobte so laut und stampfte mit seinen Füßen auf die Erde, dass der Eichenbaum in sich bebte.

Drinnen auf dem Fest war das Chaos perfekt. Barki traf auf Pakka und gemeinsam sahen sie sich bereits nach mir um. Jetzt nahmen sie eine unbändige Kraft wahr. Der Boden, auf dem sie standen, schien zu beben und merkwürdige Schreie hallten durch die Nacht.

„Barki, los, es ist etwas geschehen, ich kann Chaido nicht mehr sehen und das Beben hier scheint Rasmus zu verursachen. Lass uns das Fest schnellstens verlassen und zu ihm gehen!"

Barki nickte ihm zu und gemeinsam rannten sie zum Ausgang und durch die magische Tür nach draußen. Kaum hindurchgetreten, sahen sie, dass Rasmus rasend tobte.

„Was ist los, Rasmus, was ist passiert?", versuchte Pakka Rasmus zu beruhigen.

„Chaido, sie haben meine Chaido, wir müssen uns beeilen. Sie hat sich nicht mehr bewegt!" Rasmus' Stimme klang sehr bedrohlich.

„Wer hat sie, Rasmus, konntest du sie sehen, wie und wohin sind sie?" Pakka hatte schnell ziemlich viele Fragen und war sichtlich erregt.

Barki ging zu Rasmus, um ihn zu beruhigen. „Lass uns ein wenig von der Tür weggehen, Rasmus, und dann erzähle uns, was alles genau passiert ist."

„Sie haben Chaido, sie kamen durch diesen Eingang hier und ich roch von dort hinten einen anderen Drachen. Aber da war ein junger Mann, ganz in Schwarz, der sich plötzlich in einen Drachen verwandelte. So ein weißbärtiger Alter legte Chaido auf seinen Rücken, dann stieg er selbst auf den Drachen und sie flogen davon. Ich konnte nicht hinterher, ich kann ja noch nicht fliegen. Sie haben Chaido, wir müssen aber was tun,

meine Chaido ist weg.“ Sichtlich aufgeregt wurde Rasmus immer wütender.
Pakka schritt jetzt ein. „Du, Barki, wirst mit Rasmus in die Grube zurückgehen und ich werde Verstärkung holen, denn alleine werden wir das nicht schaffen. Zudem müssen wir schnell handeln, denn wer weiß, was sie mit unserem Drachenmädchen vorhaben!“
Barki versuchte Rasmus etwas zu besänftigen und nahm ihn mit zurück zur Grube, denn es kamen immer wieder vereinzelt Gäste aus dem Baum heraus, die frühzeitig das Fest verließen. Pakka schritt wieder hinein und sah das große Durcheinander. Feiern tat hier keiner mehr. Schnell suchte Pakka nach seinem langjährigen Freund, dem er vertraute, und fand ihn nahe den Bänken.
„Was ist los, Pakka, mein Freund, du siehst aus, als ob du etwas Furchtbares gesehen hättest!“, lachte sein Freund ihn an.
„Nichts da, Urban, ich benötige dringend deine Hilfe!“, flüsterte Pakka ihm zu.
Augenblicklich änderte sich Urbans Gesichtsausdruck und schon verschwanden beide zum Ausgang. Draußen vor der Tür sprach Pakka aufgeregt weiter: „Hör zu, Urban, es gibt Ärger, großen Ärger, und ich kann verstehen, wenn du Nein sagst.“
„Pakka, erzähle mir doch erst einmal, was passiert ist“, versuchte Urban ihn zu beruhigen. Doch da kamen schon Barki und Rasmus aus der Grube wieder hervor und liefen zu Pakka hin. Erschrocken und mit großen Augen betrachtete Urban den kleinen Drachen Rasmus.
„Oh, Pakka, ist es das, was ich glaube zu sehen?“ Erschrocken stand Urban jetzt vor dem Drachen.
„Du weißt doch, dass Barki bei mir lebt und bei uns lebt auch seit einem Jahr Chaido, das Mädchen im roten Kleid. Der

Drache Rasmus gehört zu ihr. Chaido wurde heute Nacht entführt und Rasmus hat beobachtet, wer es getan hat. Wir müssen ihr helfen, schnell, bist du dabei?“ Pakka versuchte in kurzen Sätzen alles Wichtige zu berichten.
Rasmus war kaum zu bremsen, am liebsten wäre er in das dunkle Nichts gerannt, nur um irgendetwas zu tun.
„Gut, Pakka, du bist mein bester Freund, lass uns zu meiner Hütte hinübergehen. Ich beherberge seit einem Jahr einen Mann, der ist jung und kräftig, wir könnten seine Hilfe gut gebrauchen“, sprach Urban
„Gut, aber kann er uns auch verstehen, dass wir anders sind?“, warf Barki fragend ein. „Können wir ihm vertrauen?“
„Ihr vertraut mir, dann vertraut ihm auch, er hat ein gutes Herz und wir sollten jede Hilfe, die sich bietet, mitnehmen!“, Urbans tiefe Stimme war beruhigend.
Und so wanderten sie schnellen Schrittes zu Urbans Hütte.
„In der Dunkelheit der Nacht werden wir eh nicht viel ausrichten können“, sprach Urban nun weiter, „lasst uns die Lage genau überdenken und dann brechen wir morgen früh gemeinsam auf.“
„Ja wahrscheinlich hast du recht, mein Freund, wir sind alle sehr aufgeregt und durcheinander, wir benötigen einen klaren Kopf“, sprach Pakka traurig.
Angekommen in Urbans Hütte kam ihnen ein junger Mann entgegen.
„Darf ich vorstellen“, rief er, „das hier ist Fosco und das hier ist mein alter Freund Pakka, das hier sind Barki und unser schuppiger Geselle Rasmus.“

Fosco machte große Augen, besonders als er Rasmus sah.
„Los, lasst uns hineingehen, und Fosco, du sei so nett und koch uns etwas Warmes zu trinken.“

Urban übernahm das Kommando und bat uns alle zu Platz an seinen Tisch. Rasmus setzte sich nervös an die Eingangstür und ließ Fosco nicht aus den Augen.

Fosco

Es dauerte nicht lange und Fosco servierte allen heiße Getränke, Rasmus bekam eine große Schale mit frischem Wasser und danach setzte er sich selbst mit an den Tisch.

„Wie willst du dein Drachenmädchen finden, Pakka?", fragte Urban.

„Wenn Rasmus sagt, er hat den Drachen gerochen, dann wird er uns auch zu ihm führen. Das kannst du doch, oder Rasmus?", Pakka schaute zu Rasmus hinüber.

„Ich kann aber nicht fliegen wie der schwarze Drache, wir werden schon laufen müssen, aber mein Instinkt wird mich leiten, wir müssen sie finden", erwiderte Rasmus und sein Blick wich nicht vom Tisch weg.

„Ihr versteht den Drachen?", Fosco blickte fragend in die Runde. „Ehrlich gesagt bin ich nicht begeistert, dass ein Drache hier ist. Solch ein Geschöpf hat meine ganze Familie getötet und mein Heim zerstört und nun soll ich einem Drachen, gerade einem Drachen helfen?" Fosco prustete vor sich hin und schüttelte ungläubig den Kopf.

Böse schaute Barki zu Fosco hinüber.
„Ruhig Barki, so kommen wir nicht weiter!“ Pakka stupste Barki in die Seite und auch Rasmus war sichtlich erregt.
„Hör zu, Fosco, du kannst uns helfen oder du lässt es, aber wir haben keine Zeit zum Diskutieren, wir werden morgen früh aufbrechen und unserem Drachenmädchen helfen.“ Pakkas Ton war hart und bestimmt. „Und nun zu deiner Frage, ja, wir können Rasmus verstehen. Barki sowieso, da er ein Faun ist, und ich kann es, weil ich mal einem Drachen geholfen hatte und aus Dankbarkeit ..., ach, das ist doch auch egal jetzt. Glaubt ihr uns oder nicht?“ Pakka wurde wütend, denn die Zeit verstrich, ohne dass sie etwas für Chaido taten.
„Ich jedenfalls werde meine Chaido nicht im Stich lassen!“, warf Barki drohend in die Runde.
„Nun beruhigt euch, Freunde, natürlich bin ich dabei, wir sollten jetzt überlegen, wie wir am besten anfangen“, Urbans tiefe Stimme hörte sich wieder besänftigend an.
„Moment mal, hast du eben den Namen Chaido genannt?“, fragend blickte Fosco Barki an. „Hat sie schneeweiße Haare und ist etwa so groß?“, dabei stellte er sich hin und zeigte mit der Hand zu seinem Kinn.
„Natürlich“, brabbelte Barki, „jetzt fällt es mir wieder ein, dein Name kam mir gleich so bekannt vor. Bist du etwa der Fosco, der mal einen Winter bei ihr verbrachte und dann nie wieder kam? Nein, auf deine Hilfe verzichte ich gerne. Komm, Pakka, lass uns aufbrechen!“, forderte Barki Pakka auf.
„Was ist nur los mit euch heute Nacht? Still jetzt!“ Pakka war wirklich wütend. Er schaute zu Fosco hinüber und sprach im ruhigen Ton weiter: „Ja, Fosco, es ist die Chaido, unser Drachenmädchen.“
Fosco war sichtlich mitgenommen.

„Wenn es die Chaido ist, meine Chaido, dann gebe ich sogar gerne mein Leben für sie!“ Abrupt stand er auf, um seine Tränen zu verbergen. Nie hätte er gedacht, nochmals das Mädchen von damals zu treffen, er dachte ja, sie wäre bei dem Brand ums Leben gekommen. Was hatte er gelitten seither, aber nie darüber gesprochen. Dann fielen ihm die Haare ein, die er damals bei der Hütte aufgehoben hatte. Er nahm sie aus dem Beutel und drehte sich zu den anderen um. Seine Hände stützten sich auf den Tisch und mit wiedergefundener klarer Stimme wollte er etwas richtigstellen. „Ich kam damals zurück zu ihr. Von Weitem sah ich Rauch und ging mit schnellen Schritten hinauf zur Hütte, aber ich kam zu spät, sie brannte bereits lichterloh, da gab es nichts mehr zu retten. Etwas abseits davon entdeckte ich diese Haare.“ Dabei legte er die Haare auf den Tisch, um seine Worte zu unterstreichen. „Es war sehr tragisch für mich, denn ich hatte mich entschlossen nicht mehr ins Dorf zurückzugehen und die anderen zu verlassen. Meine Familie war ja tot ... Ich irrte danach umher, auf der Suche nach mir selbst und kam hier bei Urban an. Er nahm mich auf und lehrte mich viele Dinge, für die ich ihm sehr dankbar bin. Ich werde also mitkommen, ich werde euch helfen, Chaido zu befreien.“ Und seine Worte wurden immer fester im Ton.

Stille kehrte ein.

„Gut!“, fand Urban als Erster die Worte wieder, „dann ist das jetzt wohl geklärt und wir können nun gemeinsam nachdenken.“

Fosco sprach weiter: „Ich habe damals von den Alten aus dem Dorf gehört, dass es auf der anderen Seite der Berge eine riesige Burg geben soll. Es wurden richtige Schauermärchen über sie erzählt. Ich könnte mir gut vorstellen, dass dort ein Drachen hausen könnte.“

Rasmus schaute auf und blickte ihn fragend an.
„Ja, du musst verstehen, Fosco, es gibt nicht nur bösartige Drachen! Unser Rasmus hier ist tief mit Chaido verbunden und er ist das liebenswerteste Geschöpf eines Drachen, das ich kenne." Pakka versuchte gleich erneutem Ärger entgegenzuwirken. Weiter sagte er: „Weißt du eigentlich, Urban, wo unser Rubeus wohnt? Ich dachte immer, er sei einer von uns. Aber wenn er jetzt Chaido entführt hat, dann hat er auch Janna, meine Schwester getötet!"
„Ich glaube mal gehört zu haben, dass er in den Bergen wohnen soll, recht weit von hier weg. Ich hätte es auch nie geglaubt, dass jemand aus unseren Reihen zu so etwas fähig ist. Es ist also gut möglich, dass die Burg, die Fosco meint, vielleicht auch sein Reich ist. Zumindest spricht einiges dafür", antwortete Urban.
Barki ging zu Rasmus hinüber und streichelte ihn. Dann drehte er sich um und sprach: „Wenn wir nahe genug dran sind, wird Rasmus sie spüren und den Drachen riechen, also lasst uns ein paar Dinge einpacken und uns dann auf den Weg machen, es wird schon hell draußen."
Alle nickten und es war das erste Mal, dass sie sich einig waren.

Der schwarze Drache streckte seine Flügel weit aus und flog mit tiefen, großen Schlägen gleichmäßig in die Höhe. Sein Blick kehrte nicht zum Ort des Geschehens zurück. So flog er mit mir und Rubeus über den Wald hinweg zur anderen Seite des Gebirges. Dort, ziemlich einsam und versteckt, lag die Burg von Rubeus. Der schwarze Drache landete und ich wurde von Rubeus hinuntergezerrt. Noch immer war ich ohnmächtig.

„Los, Noyan, packe mit an, wir bringen sie in das schwarze Gemach!“, sprach Rubeus zum Drachen, der sich augenblicklich in einen jungen Mann zurückverwandelte. Beide trugen mich einige Treppen hinab in ein Zimmer und legten mich dort ab.
„Schließ das Zimmer hinter dir ab und folge mir.“ Rubeus war es gewohnt Befehle zu geben, aber Noyan stand noch neben mir und betrachtete mich ausführlich. Seine Hände glitten über meine Haare und er versuchte sich zu erinnern, aber seine Bilder aus der Kindheit waren einfach zu schwach.
„Was machst du da, Kindskopf? Das ist deine Schwester und nicht eine Frau zum Verlieben!“
Rubeus war sichtlich genervt. Dann gingen sie und verschlossen die Tür hinter sich.

„Was passiert jetzt, Rubeus?“, fragte Noyan ihn.
„Ich werde den großen Noriax rufen, damit er dieses Mädchen endlich abholen kann. Endlich, ja endlich haben wir sie, der Plan war genial und gut ausgeführt. Er wird sich freuen, nun wird die Übernahme des Drachenreiches ein Kinderspiel werden“, erhob sich seine Stimme.
„Aber ich glaube, es könnte ein Problem geben“, warf Noyan ein.
„Was wagst du hier zu behaupten? Du bist nur ein winziger Lehrling, also halt dich zurück!“
Rubeus wurde jähzornig, denn er war bereits in der Klemme. Es durfte jetzt nichts mehr schiefgehen, was Chaido betraf. Zu lange hatte er Noriax hinhalten müssen, um sein Gesicht zu bewahren.
„Was wird mit ihr passieren?", fragte Noyan ganz ruhig.

„Entwickelst du etwa so was wie Mitgefühl? Pah! Wag es ja nicht.“ Rubeus machte eine drohende Gebärde.
„Nein, Rubeus, ich kenne sie ja nicht mal und zudem bin ich dir, Rubeus, und Noriax untergeben und sehr zu Dank verpflichtet, denn ihr habt mich bei euch aufgenommen und großgezogen. Ihr seid wie ein Vater für mich.“
Mit diesen Worten verbeugte sich Noyan vor ihm. „Aber“, sprach er weiter, „es war da was, ein bestimmter Geruch, als wir vom Fest weggeflogen sind.“
„Noyan, du machst mich ganz kirre heute Nacht, dann sprich doch endlich, was war da? Ich habe nichts weiter wahrnehmen können.“
„Wenn mich meine Nase nicht täuscht, habe ich einen anderen Drachen gerochen, der dort in der Nähe gewesen sein muss“, sprach Noyan ganz ruhig.
Der Weißbärtige drehte sich ruckartig zu seinem Lehrling um und schaute drohend in dessen Augen.
„Du hast etwas wahrgenommen? Das kann nicht sein, es gibt keinen weiteren Drachen hier. Noriax und du, ihr seid die einzigen, die hier herrschen. Und du bist auch nur da, weil Noriax dich auserkoren hat.“ Er spieh seinen Atem Noyan mitten ins Gesicht. Aber da dieser solches Verhalten von ihm kannte, blieb er ganz ruhig.
„Gut, ich wollte es nur nicht ungesagt lassen!“, und er tat so, als ob er das letzte Wort hatte.
„Los, geh jetzt deine üblichen Sachen verrichten, ich werde jetzt mit Noriax sprechen.“ Und Rubeus drehte sich von ihm weg und ging in sein Zimmer, wo er nach kurzer Zeit in Trance verfiel und Noriax in einer anderen Dimension traf.

Langsam öffnete ich die Augen, konnte aber in der Finsternis nicht viel erkennen. Wo war ich nur? Hatte ich geträumt oder war ich tatsächlich entführt worden? Mir brummte der Schädel, was das Denken nicht gerade vereinfachte. Ich setzte mich hin, bemerkte aber schnell, dass mir noch ganz schön schwindelig war und so fiel ich wieder zurück. Der zweite Versuch klappte besser. Ich saß und ertastete um mich herum das riesige Bett. Etwas weiter entfernt leuchtete eine große Kerze, sie zeigte mir aber nicht viel vom Zimmer. Ich lief mit wackeligen Füßen zu ihr hin und nahm sie in die Hand. Dann ging ich systematisch das Zimmer durch. Überall bemerkte ich schwarzen, feinen Stoff. Es hing kein Bild an der Wand und nichts verriet mir, wo ich sein könnte. Es gab kein Fenster und die Tür sah ziemlich solide aus. Ich zog mit aller Kraft an ihr, aber sie öffnete sich nicht. So ging ich eine weitere Runde im Zimmer herum, um irgendetwas in Erfahrung zu bringen. Meine Gedanken schweiften zurück zum Fest. Da war dieser weißbärtige Rubeus gewesen und dann plötzlich der schwarzhaarige junge Mann, dann hatte das Feuerwerk begonnen, und ja, danach verließen mich meine Erinnerungen. Ich musste also bei dem sein, der mich töten wollte und der es bei Janna bereits geschafft hatte. Aber sollte es wirklich Rubeus sein? Er wirkte immer so aufrichtig und klug und schließlich war er doch der Oberste. Ich dachte noch weiter zurück, an das Gespräch mit ihm und dass er tatsächlich die Chance gehabt hatte mir das Fläschchen heimlich einzustecken, und da war noch das zweite Fest gewesen, als Barki mich von ihm weggeholt hatte, weil er mir doch etwas zu nahe kommen wollte. Niemals hätten wir auf ihn getippt, dachte ich so bei mir. Er war bei allen hoch geschätzt und seine Macht weithin bekannt.

„Noyan!“, rief Rubeus mit einem schroffen Ton durch die Burg. „Wo ist dieser Bengel bloß wieder!“
Aber Noyan kam bereits um die Ecke und beide stießen fast zusammen.
„Potz Blitz, musst du immer hier umherschleichen?“ Rubeus‘ Laune wurde nicht besser. „In drei Tagen wird Noriax uns auf den hohen Gipfeln der Berge erwarten, dort wo unser geheimer Treffpunkt ist. Bis dahin wird Chaido streng behütet. Gib ihr nur das Nötigste zum Überleben und ansonsten lass sie alleine dort, verstanden?!“
„Aber ja doch, Rubeus, alles wird erledigt“, noch immer war er die Ruhe in Person.
„Du wirst bis dahin auch alles andere vorbereiten, warum muss ich dir das eigentlich immer wieder erzählen?“, herrschte er ihn an.
„Natürlich, Rubeus, wie immer, es wird alles fertig sein.“
„Und lass ja deine Finger von dieser Chaido, sonst wird es dir schlecht ergehen!“, warf Rubeus ihm hinterher.

Als die Sonne früh am Horizont aufstieg, hatte keiner der fünf auch nur ein Auge zugetan. Alle waren aufbruchsbereit und entschlossen, Chaido zu helfen. Fosco übernahm die Führung. Einen Teil des Weges hatte er noch im Kopf und der Rest würde sich dann finden, so dachte er es bei sich. Er war entschlossen, seine Chaido nun doch endlich zu finden und es war ihm auch ganz lieb, alleine an der Spitze zu gehen, denn so konnte er am besten seinen Gedanken nachhängen und musste nicht mit den anderen reden. Mit Rasmus konnte er sich noch nicht abfinden, zu tief lagen die Verletzungen des anderen Drachen, durch den er alles verloren hatte. Aber umso mehr er beobachtete, wie gut alle miteinander umgingen und auch Rasmus seinen festen Platz darin einnahm, desto mehr weichte sein Herz langsam auf. Wie Rasmus mit Chaido verbunden sein sollte, begriff er allerdings nicht wirklich.

„Wenn wir so weiterlaufen, haben wir die Spitze des Berges gegen Abend erreicht", sprach Fosco bei einer kleinen Pause. Alle wurden ruhiger, denn der Marsch nach oben war doch sehr anstrengend und sie wurden schon müde. „Oben können wir ja dann Rast machen und morgen, bei Anbruch des Tages, werden wir sicherlich einen Weg zur Burg finden."

Alle nickten Fosco zu. Auch Rasmus war sichtlich geschafft vom weiten Laufen. Aber niemand wollte jammern, denn jeder ahnte, dass die Zeit gegen sie spielte.

Als die Dämmerung nahte, fielen sie fast um vor Erschöpfung.

„Wir haben wirklich viel geschafft und niemand weiß, ob es wirklich der richtige Weg ist", brummte Urban vor sich hin.

„Doch, er wird richtig sein", sprach Pakka, „denn unsere Herzen gehen gemeinsam diesen Weg und niemand hatte das Gefühl, er wäre falsch."

Der Rest der kleinen Gruppe nickte ihm zustimmend zu. Rasmus war auf dem Weg nach oben immer leiser und in sich gekehrter geworden. Barki hatte das mitbekommen und legte sich ganz dicht neben Rasmus hin.

„Hey, mein Großer, wir finden unsere Chaido, vertraue darauf!" Barkis Hand streichelte über Rasmus und er sah Rasmus' Augen, die ganz traurig dreinschauten. Die Dunkelheit kam schnell über sie und in der sternenklaren Nacht versank ein jeder schnell in den Schlaf.

Rasmus war als Erster wieder wach und da seine Augen auch in der Dunkelheit gut funktionierten, streifte er etwas in der Gegend umher. Wenn ich doch nur fliegen, die Gegend absuchen und Chaido finden könnte, jammerte er vor sich hin Plötzlich spürte er, dass der Wind sich gedreht hatte und ihm eine frische Brise Bergwind entgegenkam mit einem leichten Duft von ... ja natürlich ... das war es! Er roch den Drachen, wenn auch nicht stark, aber er roch ihn. Schnell tapste er zu den anderen und weckte sie auf, denn die Sonne war sowieso im Begriff aufzugehen. Auch wenn der Sonnenaufgang von hier oben ein herrliches Schauspiel abgab, so hatte doch keiner Zeit ihn zu genießen.
„Wacht nur schnell alle auf, hey, Barki, Pakka, ich kann den Drachen riechen. Der Wind kommt aus der Richtung da, dorthin müssen wir laufen.“ Verschlafen standen alle auf und schauten Rasmus mit erst halb geöffneten Augen an. Pakka übersetzte Rasmus‘ Worte und Fosco schaute in die Richtung, von der Rasmus gesprochen hatte.
„Also dann würde es ja doch stimmen, was man sich erzählt.“ Fosco konnte es kaum glauben, aber die Schauermärchen, die er gehört hatte, schienen wahr zu sein.
So setzte sich die Gruppe in Bewegung und ging in Richtung des Geruches. Die Bäume fingen an immer dichter zu stehen und es war schwierig voranzukommen. Die Burg selbst konnten sie noch nicht sehen. Selbst Barki fand die Gegend ungewöhnlich, denn in den meisten Wäldern, in denen er sich aufhielt, traf er auch auf Elfen und Feen. Hier war aber nichts von ihnen zu sehen.
„Bist du dir sicher, Rasmus, das wir hier richtig sind?“, fragte Barki nervös.

Er hätte die Frage lieber nicht stellen sollen, denn Rasmus tobte vor Wut.
„Schon gut, schon gut, beruhige dich doch, Rasmus, es war doch nur eine Frage, denn ich kann einfach keine anderen Wesen hier sehen, als ob wir weit und breit die Einzigen sind."
„Aha, und das findest du eigenartig, Barki? Hast du mal überlegt, wohin wir uns begeben und dass auf diesem dunklen Pfad vielleicht kein gutes Wesen leben möchte?" Rasmus schnaubte wütend, denn er selber ging nur einem Gefühl nach und dem bisschen, was er roch. Er wollte nicht, dass noch jemand laut zweifelte. Jeder Schritt fiel ihm schwer, denn sein Herz brannte vor Schmerzen, so sehr vermisste er seine Chaido. Er hatte die Nacht mehrmals versucht Kontakt mit ihr aufzunehmen, was ihm aber nicht geglückt war. Niemals würde er umkehren, solange ihn seine Füße jeden Schritt nach vorne trügen, und so lange wollte er auch laufen. Nur das den anderen zu erzählen, hatte er keine Kraft mehr.
„Wir sind alle ein wenig angespannt, kommt, lasst uns kurz ruhen und dann weiterziehen." Pakka klopfte Barki und Rasmus auf die Schulter, was ihm bereits jetzt schon schwer fiel, denn Rasmus wuchs und wuchs.
Sie wanderten durch den dichten Wald weiter, es war nichts zu sehen außer den Bäumen und keiner hatte den Überblick, wo sie sich befanden. Plötzlich hörte der Wald abrupt auf und sie standen mitten auf einer Wiese. Das Sonnenlicht erwärmte die Gemüter aller. Rasmus stürzte sich auf die frischen Löwenzahnblätter und genoss den Saft, den sie abgaben. Plötzlich schrie Pakka auf und war wie vom Erdboden verschwunden.
„Pakka, Pakka, wo bist du? Was ist los, alter Knabe?", rief Urban dem Schrei hinterher. Urban war als Erster an der Stelle

und sah ein großes Erdloch, in das Pakka hineingefallen war.
„Pakka, kannst du mich hören?“, rief Urban in das Loch.
Ganz langsam drang Pakkas Stimme nach oben: „Ich bin hier heruntergerutscht. Es muss ein geheimes Erdloch sein. Ich kann so etwas wie eine Tür erkennen.“
„Kannst du sie öffnen? Aber sei bitte vorsichtig dabei, alter Knabe!“, rief Urban hinunter.
Jetzt waren auch Barki, Rasmus und Fosco am Erdloch angekommen und schauten neugierig nach unten.
„Es muss ein geheimer Weg sein, denn er ist weiter hinten ganz leicht beleuchtet. Das Ende kann ich aber nicht erkennen.“
„Pakka, wie weit, schätzt du, geht der Weg?“, rief Urban wieder zu ihm hinunter.
„Sehr weit! Es könnte ein Weg zur Burg sein“, Pakkas Stimme klang aufgeregt.
„Können wir da alle durch, Pakka?“, rief Barki nun dazwischen.
„Nein, Rasmus wird hier nicht durchkommen.“
Alle vier schauten sich nun an, denn jeder hatte das Gesagte mitbekommen.
„Also was machen wir?“, fragte Barki in die Runde.
„Ich schlage vor, wir trennen uns. Barki, du verstehst Rasmus und bleibst bei ihm und auch ich werde mit euch sein. Fosco dagegen sollte Pakka unterstützen. So sind die Kräfte gut aufgeteilt und wir haben zwei Chancen in die Burg zu gelangen, auch wenn wir diese immer noch nicht sehen. Was haltet ihr davon?“ Urbans Vorschlag klang nicht schlecht und nach kurzer Überlegung rutschte Fosco zu Pakka hinunter und die anderen drei setzten ihren Weg fort.
Zu wissen, dass da vermutlich ein Weg zur Burg existierte, brachte für alle neue Energie. Rasmus war kaum zu bremsen

und nach kurzer Strecke erreichten sie ein weiteres Waldstück, wo der Geruch vom anderen Drachen stärker wurde.
„Wir müssen unbedingt den Eingang finden“, dachte Urban laut.
„Ja, das scheint jetzt der schwerere Teil zu sein!“, erwiderte Barki.
„Nein, das ist nicht schwierig“, warf Rasmus jetzt ein, „wenn mich meine Nase nicht täuscht, sind sie genau hier herübergeflogen, sicher gibt es hier noch einen anderen Eingang.“ Rasmus blieb einfach stehen und schaute sich die Gebüschformationen genau an. Urban beobachtete Rasmus, folgte dessen Blicken und berührte die hohen Büsche.
„Das ist aber eigenartig!“, sagte Urban
„Was ist eigenartig, sprich schon!“, gab Barki gleich zurück.
„Also fasse doch selber mal hier an, was fühlst du?“
Barki ging hin und berührte die Sträucher, aber diese fühlten sich nicht nach Holz und Laub an, sondern nach kaltem Gestein. „Das kann nicht sein, ich sehe Büsche und fühle Stein!“
„Ja, warum wohl?“, dachte Urban laut weiter.
„Weil ... genau ... weil sie ihre Burg schützen und das hier eine Tarnung darstellt. Wir müssen also herausfinden, wie wir diese Tarnung durchbrechen. Und, die Frage ist, wenn wir sie durchbrechen, was erwartet uns?“ Barki war ein klein wenig bange.
„Es ist nicht die Frage, was uns erwartet, wir müssen hinein und dass es riskant ist, wussten wir alle schon vorher.“ Urban versuchte Barki Mut zu machen.
Rasmus hingegen stand nur da und dachte nach und dachte nach, er schien gedanklich völlig abwesend zu sein und bekam das Gespräch zwischen den beiden nicht mit. Plötzlich sprach

er: „Mit wem oder was würden sie hier am wenigsten rechnen?“
„Wie, was?“, verwirrt schaute sich Barki zu Rasmus um. „Natürlich mit Rasmus, mit einem Drachen würden sie hier niemals rechnen, also würden sie einen magischen Drachenschutz aussprechen, den nur ein Drache erkennen und aufheben kann und die hohen Büsche hier verleiten ja zum Weitergehen. Wahrscheinlich liegt der Eingang direkt vor uns.“ Barki war im Denken kaum zu bremsen und Urban sah ihn erstaunt an.
Rasmus schritt zu den dichten Büschen heran und streckte sich so lang wie er nur konnte, so, dass er das oberste der Büsche berühren konnte. Und tatsächlich, er hatte recht behalten, nur ein Drache konnte den Eingang finden und öffnen. Die Büsche verschwanden, eine Burg tauchte vor ihnen auf und eine Tür öffnete sich von alleine. Staunend, aber vorsichtig betraten sie die Burg.

Die ganze Nacht über hatte ich kaum ein Auge zu bekommen. Ständig versuchte ich eine Möglichkeit zu finden, aus dem Zimmer zu fliehen. Wo war ich nur? Mir war immer noch etwas übel von dem Zeug, mit dem sie mich betäubt hatten. Warum hatten sie mich nicht gleich getötet, anstatt mich hierher zu schleppen? Nervös tippte ich mit dem Finger auf die Holzkante des Bettes. Ich erinnerte mich wieder an den Zustand in der Höhle und dachte nach, wie ich am besten Dragsia erreichen könnte, denn sie war die Einzige, bei der die Möglichkeit jemanden zu erreichen am größten war. Also legte ich mich aufs Bett, schloss die Augen und versuchte mit Dragsia in Kontakt zu treten. Aber vergeblich. Es passierte gar nichts, alles blieb einfach dunkel. Ich wechselte die Stelle im Zimmer, dann noch mal und noch mal, aber ich erreichte sie nicht in der Meditation. Dieses Zimmer hier musste stark geschützt sein. Nichts, aber auch nichts drang nach außen. Nervös ging ich wieder im Kreis herum. Ich nahm mein Medaillon in die Hand und versuchte darüber Dragsia zu kontaktieren, aber wieder erfolglos. Ich steckte es weg und versuchte mich in Geduld zu üben, aber zu viele Fragen kreisten in meinem Kopf umher.

Noyan hatte unterdessen alle aufgetragenen Arbeiten erledigt und ruhte sich gerade in seinem kleinen Zimmer aus. Er spürte seine eigene Neugierde. Am liebsten wäre er in das schwarze Gemach gegangen und hätte Chaido beobachtet. Immer wieder versuchte er sich an seine Zwillingsschwester zurückzuerinnern, aber er war einfach zu klein damals gewesen. Das Einzige, an das er sich erinnerte, war, dass sie vernichtet werden musste, denn sie trug das Böse in sich. Was ja auch logisch war, wenn man als Einzige weiße Haare hat. Nun ja, mal abgesehen von Rubeus, aber der war ja auch schon alt. Bei diesen Gedanken musste Noyan in sich hinein grinsen und schlief dann endlich ein.

Rubeus war den ganzen nächsten Tag kaum zu ertragen. Seine Aufgeregtheit wegen Noriax und Chaido kosteten ihn viele Nerven. Er wusste, wenn jetzt noch etwas schiefging, würde Noriax ihn nicht mehr unterstützen, sondern ihn vernichten.

„Hast du alles fertiggemacht, Noyan, dass wir nachher gleich loskönnen?“ Die Stimme von Rubeus war scharf und schneidig.

„Natürlich, wir brauchen nur noch diese Chaido zu holen und uns auf den Weg machen.“

Noyan versuchte mit seiner Stimme Rubeus zu beruhigen, dachte aber innerlich, dass Rubeus doch ohne seinen wahren Meister Noriax gar nichts darstellen würde. Bald würde diese Chaido bei seinem Meister sein und er würde mit ihm das Drachenimperium übernehmen. Er schmunzelte in sich hinein.

„Was gibt es da zu grinsen? Das ist für so einen jungen Kerl wie dich wohl ein Feiertagsumzug, was?“ Zornig streckte Rubeus seinen Stab nach ihm hin und drückte ihm das spitze Ende als Warnung auf die Brust.

Noyan verstand und wandelte seine Haltung in Untergebenheit um.

Zufrieden nickte Rubeus.

„Los, gehen wir das Mädchen holen und machen uns auf den Weg nach oben.“

Klar, er war ungeduldig, am liebsten hätte er schon alles hinter sich gehabt. Sie gingen zu dem schwarzen Gemach und öffneten die Tür.

Ich hörte Schritte näher kommen, es mussten zwei sein, da war ich mir ziemlich sicher, denn ihre Schritte waren so völlig verschieden. Ganz langsam öffnete sich die Tür. Kampfbereit stellte ich mich auf. Zum ersten Mal fiel etwas mehr Licht ins Zimmer. Aber da alles in Schwarz gehalten war, sah ich trotzdem nicht viel. Sie kamen näher auf mich zu und erst jetzt erkannte ich die beiden wieder. Ungläubig schüttelte ich den Kopf.

„Warum tust du das, Rubeus? Du verrätst uns, deine Familie? Deinetwegen musste Janna sterben?“
„Janna ist nicht meinetwegen gestorben, sondern wegen dir. Wärst du auch nur halb so neugierig, wie ein Mädchen hätte sein sollen, wäre das mit Janna gar nicht passiert. Dann hättest du einfach das Fläschchen geöffnet und fertig. Zudem haben wir keine Zeit für Diskussionen, ihr glaubt wohl alle, dass man mit eurem Gutsein vorwärtskommt, hm? Ihr müsstet euch mal alle sehen bei dem Fest, wie lächerlich das ist. So, genug geschwafelt, du kommst jetzt mit uns.“
Und noch bevor ich mich zur Wehr setzen konnte, hielt er mir seinen Stab mit der Spitze aufs Herz.
„Du kannst dich gerne noch ein paar Zentimeter bewegen, aber dann bist du auch schon tot.“
Wütend über mich selbst blickte ich nun zum anderen hinüber. Der schwarz gekleidete junge Mann, sein Lehrling also, war sein Gehilfe. Er kam auf mich zu und fesselte meine Hände auf den Rücken, dann verließen wir das Zimmer und die Burg, die ich jetzt zum ersten Mal richtig sah. Sie wirkte unheimlich auf mich, so, als ob hier kaum Licht hinscheinen würde.

Unterdessen erkundeten Pakka und Fosco den unterirdischen Tunnel, den sie entdeckt hatten. Fosco musste aufpassen, sich nicht ständig den Kopf an den niedrigen Wänden zu stoßen. Es war schon ein wenig unheimlich, unter der Erde zu sein und doch etwas sehen zu können. Hier musste es etwas geben, denn warum sonst wäre eine so geniale Beleuchtung eingebaut worden. Es roch nach feuchter Erde, etwas muffelig und ganz eigenartig. Nach einer Weile kamen sie an eine zweite Tür, die schwerer zu öffnen war als jene zuvor. Nach dem Eintritt staunten sie nicht schlecht. Hier unten schien jemand zu wohnen. Der Raum, der sich ihnen darbot, war vollständig eingerichtet. Es gab einen Tisch mit Stühlen, Regale und ein großes Bett zum Schlafen. Plötzlich und unerwartet stieß etwas heftig gegen Foscos Beine, sodass er in die Knie ging. So schnell konnte er gar nicht schauen, wie er von einem Besen regelrecht verprügelt wurde. Einige Male bekam er etwas ab, bevor er den Besen endlich zu fassen bekam und nun dem Angreifer gegenüberstand oder vielmehr kniete. Pakka half Fosco hoch und staunte ebenso über das plötzliche Auftreten dieses wuscheligen Wesens.

„Stopp! Hallo! Wir wollen nichts Böses. Bitte verzeih, dass wir hier so unerwartet eingedrungen sind.“ Pakka versuchte die Situation zu retten.

Das Wesen brabbelte etwas Undefinierbares in sein Fell hinein, und versuchte den Besen wieder unter Kontrolle zu bekommen. Aber den Kräften von Fosco hatte es nichts entgegenzusetzen. Wütend stampfte es mit den Füßen auf die Erde und schien plötzlich in sich zusammenzusacken. Pakka schaute Fosco erstaunt an und zeigte mit seinem Blick, er möge den Besen beiseitelegen. Fosco verstand.

„Wir möchten dir nichts Böses tun, bitte glaube uns. Wir ... wir suchen nach einem Eingang zu einer versteckten Burg. Vielleicht magst und kannst du uns helfen?“, Pakkas Stimme klang lieblich.

Aber das Wesen schüttelte den Kopf.

„Du kannst uns also verstehen?“, hakte Fosco gleich nach.

Das Wesen nickte.

„Ich entschuldige mich aufrichtig für unser Eindringen hier in deinem Reich, es war nicht beabsichtigt, dich hier zu stören oder etwas zu vernichten.“ Mit diesen Worten gab Fosco dem wuscheligen Wesen seinen Besen wieder.

Dieses setzte sich einfach an den Tisch und gab komische Geräusche von sich.
Pakka und Fosco setzten sich einfach zu ihm und schauten es an.

Görgel

„Eventuell kannst du uns doch helfen. Schau, wir suchen ganz dringend nach unserer Freundin, sie heißt Chaido. Sie wurde entführt von einem Drachen und einem alten weißbärtigen Mann, der hier seine Burg haben soll. Es ist wirklich dringend und wichtig, dass wir sie finden“, versuchte Pakka erneut sein Glück. Dann fiel ihm ein, dass er noch eine Kette aus kleinen Edelsteinen an seinem Arm trug. Er nahm das Armband ab und überreichte es dem wuscheligen Wesen.
Damit traf Pakka aber ins Schwarze. Das Wesen nahm die Kette und behielt sie in der Hand, dann drehte es den Kopf zu Pakka und nickte ihm zu.
„Du kannst uns also helfen?“, fragte Pakka gleich nach.
„Ja, das kann ich“, sagte das Wesen mit trauriger Stimme. „Vor einiger Zeit haben sie meine Frau, die Gringel, erwischt und mitgenommen. Sie schleppten sie zur Burg. Heimlich suchte ich nach ihr und fand sie in einem Verlies wieder. Ich unternahm alles, um sie da herauszuholen, aber eines Tages, als ich wieder da war, sah ich sie tot in der Ecke liegen. Sie hatten sie zu einem ihrer Versuche missbraucht. Es ist also gut

möglich, dass sie auch eure Freundin haben. Ich werde euch den Weg dahin zeigen."

Fosco und Pakka erreichte die Traurigkeit seiner Geschichte und sie konnten mitfühlen, wie schwer es ihm ums Herz sein musste. Gleichzeitig aber hofften sie nun, um Chaido doch bald in ihre Arme schließen zu können.
„Ich bin übrigens Görgel", sagte das wuschelige Wesen, und Fosco und Pakka stellten sich ebenfalls vor.
„Dann last uns keine Zeit verlieren, denn meist überlebt dort keiner lange auf der Burg. Die Kette aber behalte ich."
Pakka lächelte Görgel an.
„Aber natürlich, du kannst sie behalten, wir danken dir sehr, dass du uns helfen wirst."
Dann öffnete Görgel eine andere Tür, hinter der ein weiterer Gang abzweigte. Fosco hörte man ab und zu stöhnen, da er sich überall stieß. Er war dennoch froh weiterzukommen, denn jeder Schritt näher zur Burg bedeutete einen Schritt näher an Chaido heran. Nach einer ganzen Weile stießen sie wieder auf eine Tür. Diese war aber im Gegenzug zu den anderen sehr klein gebaut.
„Hier müsst ihr durch, dann gelangt ihr in eine Art Verlies. Wie ihr in der Burg weiterkommt, müsst ihr selber schauen."
Görgel schüttelte sich, als ob all seine bösen Erinnerungen wieder hochkämen.
„Danke, Görgel, du hast uns wirklich sehr geholfen, hab tausend Dank", sprach Pakka und Fosco tat es ihm gleich. Dann öffnete Pakka vorsichtig die Tür und quetschte sich durch den schmalen, kleinen Eingang hindurch. Beinahe wäre er mit seinem dicken Bauch stecken geblieben. Danach kroch Fosco mit dem Kopf zuerst hindurch. Auf der anderen Seite war es recht dunkel. Schritt für Schritt durchschritten sie das

scheinbar menschenleere Verlies. Sie fanden eine Treppe hinauf in die Burg und leise stiegen sie diese nach oben.

Auch Barki, Urban und Rasmus betraten die Burg. Vorsichtig schauten sie sich nach allen Richtungen um. Unheimlich war es hier ... Alles wirkte so düster und kalt. Hier drang kaum Tageslicht hin. Urban bekam eine Gänsehaut, als er über dem nächsten Eingang ein steinernes Bild eines Drachenkopfes sah.

„Also irgendwie hatte ich den Rubeus anders in Erinnerung. Er wirkte auf mich mit seinem ganzen Wesen so aufrichtig und gutherzig. Hier habe ich einen völlig anderen Eindruck von ihm und ich kann kaum glauben, dass er der oberste von uns ist." Urban schüttelte ständig ungläubig den Kopf und staunte bei allem, was er sah.

„Pst, Urban, wir müssen vorsichtig sein und vor allem leise. Du, Rasmus, kannst du Chaido spüren oder riechen, wo sie sich befindet?", flüsterte Barki.

„Ich kann eine starke Macht hier wahrnehmen, eine stärkere als die von Rubeus", flüsterte Rasmus zurück. „Chaido muss hier ganz in der Nähe sein, aber sie ist nur sehr schwach zu riechen."

Alle drei schlichen langsam voran.

„Hier, dahinter muss sie sein!" Rasmus' Atemzüge wurden hastiger und sie begaben sich zu einer großen schweren Tür.

„Huch", entsprang es Barki, „die muss aber sehr schwer sein. Wie bekommen wir die nur auf?"

Unterdessen drückte Urban einfach die Klinke und lehnte sich kräftig gegen die Tür, dann noch einmal und schon öffnete sie sich allmählich. Rasmus schaute Barki mit großen Augen an und Barki zuckte mit den Schultern. Dann stürmten sie in das

Zimmer und riefen nach Chaido, aber sie sahen nichts, außer Dunkelheit.
„Sucht nach Chaido, sie muss vor Kurzem noch hier gewesen sein“, rief Rasmus ganz aufgeregt, aber die Durchsuchung des Zimmers erbrachte nichts. Betrübt und enttäuscht verließen sie den Raum und begaben sich langsam durch die Burg.

„Last uns in den Keller gehen und schauen, vielleicht wird sie im Verlies festgehalten“, schlug Urban vor.
„Weißt du, was unheimlich ist, Urban, dass anscheinend niemand hier ist und wir immer noch so frei umherlaufen“, wisperte Barki ihm zu.
Plötzlich spürte Urban einen spitzen Gegenstand an seinem Bauch und er machte umgehend halt. Gerade, als auch er seine Waffe ziehen wollte und Barki schon kampfbereit in Position ging, bemerkten sie, dass sie mit Pakka und Fosco zusammengestoßen waren.
„Wolltest du mich als Schaschlik benutzen, alter Freund?“, fragte Urban Pakka und hielt ihm auch sein Messer entgegen.

„Ihr seid es!“, sagte Pakka, „na zum Glück nur ihr. Habt ihr Chaido gefunden? Ist jemand in der Burg? Wie seid ihr überhaupt hereingekommen?“
„Nu mal langsam, Freund, nein, wir haben Chaido nicht gefunden, aber das Zimmer, in dem sie sich befunden haben muss. Es scheint niemand hier zu sein“, antwortete Urban.

“Wo ist Rasmus?“, fragte Fosco.
Barki und Urban drehten sich um.
„Eben war er noch bei uns. Ich dachte, er wäre hinter mir.“ Barki kratzte sich nachdenklich an den Kopf. Aber da kam Rasmus auch schon mit seinen großen Füßen angerannt.

„Wir müssen hier lang! Kommt, schnell, sie haben die Burg verlassen, ich kann sie riechen. Sie können noch nicht lange weg sein.“ Rasmus‘ Stimme überschlug sich fast und Barki

erzählte schnell den anderen, was los war. Und niemand ließ sich jetzt darum bitten ihm zügig zu folgen.
Über einen weiteren Ausgang verließen sie die Burg wieder und jeder fühlte sich sichtlich wohler mit dem Gefühl, dieses unheimliche Gemäuer hinter sich zu wissen.

Ich hatte mich zu früh über das Licht gefreut, denn kaum hatten wir die Burg verlassen, band mir Rubeus ein Tuch um die Augen.
„Warum machst du das, Rubeus?“, fragte Noyan erstaunt.
„Stellst du etwa infrage, was ich tue?“, herrschte er ihn an. „Ich will nicht, dass sie den Weg nach oben sieht, zudem ist sie harmloser, wenn ihr das Augenlicht genommen wird.“ Rubeus stellte klar, keine weiteren Fragen hören zu wollen und so setzten wir alle Weg nach oben fort.
Ich versuchte mich auf den Weg zu konzentrieren, denn ich wurde hin und her geschubst, und ich prägte mir die Gerüche der beiden ein, um sie so besser unterscheiden zu können, wenn niemand sprach. Beide schienen sowieso mehr mit ihren eigenen Gedanken beschäftigt zu sein. Wo aber wollten sie mich nur hinbringen und was hatten sie mit mir vor? Nach dieser mir selbst gestellten Frage fiel mir ein, dass ich es noch mal bei Dragsia versuchen sollte, denn ich befand mich jetzt außerhalb der Burg. Aber ich kam nicht in meine Mitte hinein. Die Konzentration, die ich beim Laufen aufbringen musste, ließ nicht Platz für andere Verbindungen. Ob mich hier überhaupt jemand finden würde? Ich dachte an Rasmus und wie kurz doch unser Zusammensein gewesen war. Aber da war es wieder, Rasmus, genau. Sie durften ihn nicht finden und überhaupt, solange ich nicht tot war, blieb mir alles offen zu

versuchen. Ich spürte wieder meinen Kampfesgeist, erst recht jetzt, da ich wieder im Dunkeln stand.
„Wir machen hier eine kurze Rast, meine Knochen sind schließlich nicht mehr die Jüngsten“, hörte ich Rubeus‘ Stimme vor mir. „Setz sie da drüben am Baum hin!“
„Wir hätten ja auch fliegen können“, erwiderte Noyan frech.
„Nein, hätten wir nicht. Wir haben die letzte Gabe von Noriax verbraucht, um sie zur Burg zu bringen. Du kannst ihn ja später selber darum bitten, wieder Drache spielen zu können.“ Rubeus‘ Stimme klang etwas verächtlich.
Ich spürte, wie jemand meinen Arm nahm, mich ein paar Schritte weiter führte und meine Schulter nach unten drückte, sodass ich mich setzen musste. Dabei bemerkte ich, wie Finger durch meine Haare strichen. Ich schwieg und ging zu Boden. Das war die Gelegenheit, ich würde jetzt versuchen, Dragsia zu erreichen. Denn wer sollte schon meine Gedanken erraten können. Die beiden anderen waren jetzt still und so konnte ich gut abschalten, in mich gehen und mich konzentrieren. Ich rief laut nach Dragsia – vergeblich. Ich war wohl zu ungeduldig, aber als ein wärmender Lichtstrahl auf mein Gesicht fiel, ging es sehr schnell und ich konnte mich fallen lassen. Nebel wallte auf und ich stand wieder auf dieser Wiese. Ich rief erneut nach Dragsia und mein Tonfall war schon mehr flehend als fordernd. Plötzlich vernahm ich Flügelschläge. Sie kam! Ich freute mich. Ganz außer Atem landete sie neben mir.
„Bitte, Dragsia, bitte hilf mir, ich bin entführt worden. Es kann nichts Gutes sein, was sie mit mir vorhaben“, sprudelte es aus mir heraus. Dragsia prustete immer noch, als sei sie völlig außer Atem.
„Chaido, ich werde kommen und dir helfen. In unserem Königreich geht es furchtbar zu. Wo ist Rasmus…“, hörte ich noch.

„Schnell, Noyan, rüttel an ihr und richte sie wieder auf. Ich spüre, dass Chaido zu irgendwem Kontakt aufnimmt. Schnell, beeile dich!“, rief Rubeus.
Ich spürte einen sehr schmerzhaften Griff an meinem Arm, der mich hochzerrte, wodurch ich Dragsia und unser gemeinsames Gespräch verlor.
„Mit wem nimmst du Kontakt auf?“, brüllte mich Rubeus an, der auch zu mir herübergeeilt war.
Ich schwieg und spürte plötzlich einen brennenden Schmerz. Jemand hatte mir ins Gesicht geschlagen. Aus dem Reflex heraus trat ich mit dem Fuß nach vorne und traf. Und wieder spürte ich eine Hand in meinem Gesicht.
„Verflucht, sie hat mich tatsächlich getroffen“, hörte ich die Stimme des Jüngeren.
„Winsel nicht so herum, es ist schließlich nur ein Mädchen. Viel wichtiger ist, ob sie ihren Kontakt erreichen konnte. Los nun, wir brechen sofort wieder auf, hier zu ruhen ist mir zu riskant.“ Rubeus versuchte die Lage in den Griff zu bekommen und scheuchte mich weiter.

Unterdessen hatte Rasmus die Spur aufgenommen und alle folgten ihm.
„Hab ich nur so ein Gefühl, oder wird euer Drache immer schneller?“, keuchte Urban. Nach einer Weile gelangten sie zu dem Platz, wo die anderen erst kurz zuvor Rast gemacht hatten. Rasmus ging zum Baum hinüber und konnte Chaido förmlich spüren. Aus seinen Nüstern stieß leichter Rauch hervor, so sehr dampfte es in ihm drin.
Plötzlich stieß Barki einen Schrei aus.

„Jungs, passt nur auf hier, es wimmelt von Schlangen, sie scheinen von überall herzukommen."
Flink holten alle ihre Schwerter hervor und schlugen auf die unzähligen Schlangen ein. Rasmus krallte mit seinen Füßen die Schlangen und warf sie weit weg. Es waren unzählige schwarze und braune Monster, die nur ein Ziel verfolgten, nämlich beißen und töten. Barki tanzte förmlich auf seinen Hufen hin und her und schlug so schnell er nur konnte zu. Nach einigen langen Minuten wurden es weniger. Jede Schlange, die getötet wurde, zerfiel zu Staub. Die kleine Gruppe stand dicht beisammen und schaute noch immer, ob irgendwo eine Schlange plötzlich herkommen würde. Ruhe kehrte ein.

„Das war doch kein Zufall! Rubeus muss den Zauber gelegt haben, damit keiner ihm folgt! Das heißt also, wir sind ihm auf der Spur", sagte Urban ganz außer Atem und setzte sich hin. Da biss ihn plötzlich eine letzte Schlange, die niemand gesehen hatte, ins Bein. Schnell holte er noch mit dem Schwert nach ihr aus und schlug ihr den Kopf ab. Sein Hieb kam aber zu spät. Die teuflische Schlange hatte ihr Gift in ihn hineininjiziert. Pakka band in Windeseile das Bein mit einem Strick ab.

„Barki, hat Chaido dir irgendwann mal etwas gesagt, was man bei Schlangenbissen nehmen kann?", fragte ihn Pakka.
"Nicht nur gesagt, Pakka, ich habe sogar etwas von einem Gegenmittel dabei. Chaido hat gemeint, ich solle diesen kleinen Lederbeutel hier immer bei mir haben", antwortete ihm Barki und machte sich gleich daran, den Beutel von seinem Gürtel zu lösen.
Alle atmeten auf.
„Dann los Barki, beeile dich", stieß ihn Fosco in die Seite.

Barki nahm das getrocknete Sonnenhutwurzelpulver heraus, spuckte hinein und vermischte es zu einem Brei. Diesen Brei

legte er direkt auf die Schlangenbissstelle und wickelte noch ein paar große Spitzwegerichblätter darum.
„Gut gemacht, Barki“, sprach Pakka, „dennoch haben wir jetzt ein Problem.“ Pakka schaute in die Runde. „Wir können Urban nicht weiter mitnehmen.“
„Das stimmt, Pakka“, sprach Barki nachdenklich. „Er wird trotzdem starke Schmerzen bekommen und nicht laufen können.“
„Hallo, ihr sprecht hier über mich, ich bin hier unten. Was gibt es da zu überlegen? Ihr müsst weitergehen und Chaido retten. Nun lauft schon und vergesst mich ja nicht hier wieder abzuholen!“, brummte Urban mit tiefer Stimme.
Fosco trug Urban hinüber zu einem Baum, wo er geschützt liegen konnte, und ließ ihm zusätzlich seinen Wasservorrat da. „Ich hole dich hier wieder ab, verlass dich drauf!“, sprach er zu ihm.
Urban klopfte ihm auf die Schulter. „Schon gut Junge, geh schon, geh.“ Und als Fosco sich entfernte, verkrampfte sich sein Gesicht vor Schmerzen.
Sie machten sich zusammen weiter auf den Weg und passten jetzt mehr auf als je zuvor. Nach Überquerung einer großen Wiese mussten sie sich einem erneuten Kampf stellen. Nur dieses Mal erfolgte der Angriff nicht von unten, sondern aus der Luft.
„Rubeus scheint alle Register zu ziehen, nur um uns loszuwerden. Aber das wird er nicht schaffen!“, wütete Pakka. Eigenartige große Vögel schossen im Sturzflug auf sie zu. Ihre großen Krallen waren scharf und mit ihren spitzen Schnäbeln versuchten sie in ihre Opfer hineinzuhacken. Geschickt schlugen die Angegriffenen auch hier mit ihren Schwertern zurück. Auf Rasmus gingen gleich zwei Exemplare nieder. Seine Flügel schlugen wild nach den Angreifern. Die Wucht des

Aufschlages vertrieb die Kreaturen, die aber nicht aufgaben und erneut zum Angriff flogen. Rasmus konnte sich nur unvollkommen wehren. Barki hatte schon einige Verletzungen erlitten, als plötzlich eine der furchtbaren Kreaturen mit ihren Krallen seine Kehle erreichte. Schnell umschlossen sie diese und wollten ihn davontragen. Blitzschnell flog jetzt ein Pfeil mitten durch die Brust des Vogels, der auf der Stelle Barki fallen ließ. Der Vogel stürzte ab und fiel auf Barki drauf, löste sich aber sofort zu Staub auf. Überrascht schaute Barki sich um und sah Fosco mit Pfeil und Bogen die Kreaturen eine nach der anderen abschießen. Er hatte gerade Barkis Leben gerettet. Der Angriff hörte auf, es war kein Vogel mehr da. Erschöpft gingen sie alle zu Boden nieder.
„Das war knapp", fand Pakka als Erster seine Stimme wieder und er schaute in die Runde.
„Bist du schlimm verletzt, Barki?"
„Schau du es dir an, ich selbst kann es gar nicht sehen." Barki kniete sich vor Pakka hin.
„Hm, nun ja, an einigen Stellen haben sie dich recht tief erwischt, aber nichts, was nicht wieder heilen könnte. Komm, geben wir dir etwas Salbe darauf. Laufen kannst du ja noch."
Und so versorgte Pakka nun Barki, währenddessen sich Fosco die Wunden von Rasmus anschaute, wobei sich die beiden zum ersten Mal etwas näherkamen. Eigenartigerweise vermied es Fosco in Rasmus' Augen zu schauen.
„Rubeus sorgt dafür, dass wir immer weniger werden!", schimpfte Barki vor sich hin, „wobei wir es bisher nicht schafften, ihn und Chaido zu sehen."
„Wir müssen ihm aber ziemlich nahe sein", mischte sich Fosco ein, „nicht umsonst lässt er seine Ungeheuer auf uns los."

„Stimmt Fosco, er will uns vorab schwächen, dass macht nur jemand, der viel Angst hat.“ Pakka war nun mit Barki fertig geworden und schaute Rasmus an.
„Mit dir alles okay, mein Freund?“, fragte er ihn.
„Nein, es macht mich wütend, dass ich euch als Drache nicht genügend helfen kann und somit auch nicht Chaido.“ Rasmus wusste nicht, ob Wut oder eher Traurigkeit ihn gerade begleitete.
„So stimmt das nicht, Rasmus, du hast uns bis hierher geführt und immer mit an unserer Seite gekämpft, du bist ein wahrhaftiger Jungdrache, deine Mutter wird stolz sein, wenn sie später davon erfährt.“ Mit diesen Worten klopfte er Rasmus auf den Rücken und musste dabei schauen nicht die Verletzungen zu treffen.
„Wir müssen uns beeilen, wir haben genug Zeit hier mit den Biestern vergeudet, lasst uns weitergehen“, schlug Fosco vor.

„Moment, Fosco“, sprach Barki ihn an. „Ich, ich möchte mich bei dir bedanken. Das war ein genialer Schuss vorhin mit dem Pfeil, du hast mein Leben gerettet. Danke.“ Charmant machte Barki eine Verbeugung vor Fosco.
„Nichts für ungut, Barki, aber vielleicht kannst du jetzt damit aufhören mich ständig so misstrauisch zu betrachten, ich bekomme das nämlich mit. Wie ich schon erwähnte, ich kann nichts dafür, dass die Hütte von Chaido brannte, ich zerbrach selber daran, sie nie wiederzusehen und jetzt, da ich erfahren habe, dass sie lebt, will ich sie auf keinen Fall wieder verlieren. Deswegen wäre es schön, wir würden weitergehen.“
Barki schaute etwas verschämt auf den Boden und nickte. Gemeinsam liefen sie nun Rasmus‘ Nase nach. Der Gipfel des Berges rückte immer näher heran.

Es waren nur noch ein paar Meter, bis wir endlich den Gipfel erreichten. Rubeus war sichtlich erleichtert. Noyan schubste mich immer noch vorwärts. Ich hatte nichts mehr zu verlieren und dachte jetzt den richtigen Zeitpunkt gefunden zu haben. Ich hatte damals lange in der Höhle geübt, auch im Dunkeln kämpfen zu können, warum sollte ich jetzt nicht damit anfangen? Da ich spürte, dass Noyan links hinter mir war, drehte ich mich ruckartig um, sprang in die Höhe und zielte mit den Füßen gegen ihn. Unerwartet vom Schlag getroffen fiel er hin. Nur leider hatte ich nicht mit Rubeus gerechnet, der mir in Sekundenschnelle seinen Stab gegen mein Herz stemmte. Verflixt, dachte ich, warum könnten meine Hände nicht einfach frei sein. Ich hörte, wie Noyan aufstand und fluchte.
„Du lässt dir wirklich von dem Mädchen auf der Nase herumtanzen, wann wirst du endlich erwachsen? Hier, nimm sie wieder und bringe sie da drüben zum großen Stein hin. Noriax wird sicherlich gleich auftauchen und dann ist der Spuk endlich vorüber."
Erneut schubste mich Noyan nach vorne: „Die anderen haben recht, du bist wirklich eine Hexe!"
Ich wurde bei diesem Satz hellhörig. Wie kam er darauf und welche anderen hätten es gesagt? Gehörte er zu diesen Männern von damals? Aber seine Stimme, nein, ich kannte sie nicht. In mir erwachte heruntergeschluckte Wut.
„Rubeus, ich hatte dir doch gesagt, dass ich bei der Entführung einen Drachen gerochen habe", fing Noyan an zu erzählen.
Aber Rubeus unterbrach ihn barsch: „Fängst du schon wieder mit deinen Hirngespinsten an?"
„Ich wollte dir nur sagen, dass wir Besuch bekommen." Noyan versuchte ruhig zu bleiben, aber da eigentlich gleich Noriax aufkreuzen sollte, konnte er nicht mehr an sich halten.

Die Nerven von Rubeus lagen blank. „Ich weiß, dass uns jemand gefolgt ist, aber ich habe zwei Fallen aufgestellt, die dürften sie ja wohl kaum überwunden haben.“
„Dass du dich da mal nicht täuscht, denn ich rieche wieder einen Drachen“, erwiderte Noyan.
„Das ist doch gut, dann wird Noriax gleich hier sein“, sprach Rubeus genervt.
„Du verstehst das nicht. Ich rieche nicht Noriax, sondern einen fremden Drachen.“ Noyans Stimme wurde jetzt böse.
Rubeus war nun doch alarmiert.
Kurz darauf hörte ich Rasmus‘ laute Schreie und mein Herz pochte schneller.
„Wie konnten sie überleben?“, brüllte Rubeus „und was ist das für ein Drache?“ Er stand wie geschockt da und als er sah, dass die Herankommenden auch noch in der Überzahl waren, warf er ein rotfarbenes Pulver in die Luft und sprach einen Zauberspruch.

Gebannt seid ihr mit großem Schrecken
Drum werd ich unsre Doubles jetzt erwecken
Zeigt her eure Macht und kämpft für zwei
Und macht sie nieder mit Geschrei.

Daraufhin standen plötzlich ein weiterer Rubeus und auch ein Noyan da. Diese unterschieden sich nicht von den echten.
„Das sollte unsere Chance erhöhen, Noriax wird sicherlich auch gleich da sein“, sprach Rubeus hinterhältig und machte sich zur Abwehr bereit, denn schon kam Pakka auf ihn zugerannt.

Pakka schrie Rubeus wütend an: Was bist du nur für ein Mensch, Rubeus? Warum nur verrätst du uns? Wie lange geht das schon, hm? Wo ist Chaido?“

Überlegen antwortete Rubeus: „Was willst du? Willst du als Held sterben?“, und Rubeus ging mit seinem Stab auf Pakka los.

Er erwiderte den Angriff und rief ihm zu: „Wie kannst du nur mit dir selber leben, Rubeus! Du wirst es jetzt bereuen, meine Schwester getötet zu haben.“

Rubeus

Rasmus, Fosco und Barki rannten brüllend auf die anderen zu. Niemand von ihnen wusste, wer gerade mit dem echten Rubeus oder Noyan kämpfte, nur Pakka folgte seinem Herzgefühl. Fosco lief zum falschen Rubeus und kämpfte mit ihm. Dabei ging er geschickt mit seinem Schwert um. Rasmus und Barki versuchten es mit den beiden Noyans aufzunehmen. Barkis Angeschlagenheit machte sich stark bemerkbar, nach jedem Angriff wurde er schwächer. Nach einem gezielten Stoß von Noyan ging Barki zu Boden.

Unterdessen hatte Fosco es geschafft, den falschen Rubeus zu besiegen, und wie bei den Kreaturen zuvor blieb nur ein Häufchen Asche von ihm übrig.
„Hilfe, hier bin ich“, rief ich so laut ich konnte.
Er vernahm meine Rufe und sein Herz schnellte in die Höhe. Mit seinen Augen suchte er die Umgebung nach mir ab. Nach einer Weile konnte er meine Rufe einordnen. Schnell rannte er in meine Richtung und sah mich dort sitzen. Im Nu befreite er mich von meinen Fesseln und meiner Augenbinde.
„Du bist hier, Fosco?“, ich traute meinen Augen nicht. „Komm schnell, wir müssen den anderen helfen!“ Auch wenn Fosco überaus erfreut war und mich am liebsten in den Arm genommen hätte, so hatte ich doch jetzt keine Zeit dafür. Fosco rannte zu Pakka hinüber, der im Kampf gegen den echten Rubeus dringend Hilfe benötigte. Ich sprang zu Barki hin, der schwer verletzt war und gerade noch dem Schwerthieb von Noyan ausweichen konnte.
„Barki, schnell, bring dich in Sicherheit“, rief ich ihm zu und übernahm sein Schwert, mit dem ich Noyan nach hinten zwang. Noyan lächelte und fast schien es, als ob er sich auf den Kampf freute. Mein Blut hämmerte im Kopf. Nur er konnte der echte Noyan sein, ich fühlte es. Das schwere Metall klirrte aneinander und nach einigen Hieben beruhigte sich alles in mir. Klare Bilder spielten sich nun vor meinem Auge ab. Ich dachte nicht an Schmerzen oder Ähnliches, hatte auch keine Angst, ich achtete nur noch darauf, wie jeder Schritt, jeder Hieb von mir saß. Ich bekam Kräfte, die mir bei unseren Übungen niemals zuteilgeworden waren. Sein mieses Lächeln entfachte einen wahnsinnigen Zorn und dadurch noch mehr Energie in mir. Zeitweise nahm ich um mich herum nichts mehr wahr. Es gab nur Noyan und mich. Die Schläge waren zielsicher und ich wurde immer mehr von meinem Instinkt

geleitet, denn Noyan kämpfte so flink, dass ich keine Zeit hatte noch darüber nachzudenken, wie präzise ich jetzt zuschlagen musste. Wie viel Zeit verging, konnte ich nicht sagen, es war mir, als ob ich mich mit Noyan in einer Zwischendimension befände, in der nur wir beide waren, ohne Zeit, und in der ich unsterblich schien ... Ein Schrei holte mich wieder zurück und ein Blick nach links zeigte mir, dass er von Rasmus kam. Auch Noyan hielt inne und ich war überrascht, was für ein riesiger, gewaltiger schwarze Drache plötzlich am Himmel auftauchte und sich auf Rasmus stürzte. Noyan fand sein Lächeln wieder. „Nun denn, Chaido, dann verabschiede dich schon mal!"

Auch Pakka und Fosco zuckten zusammen, nutzten aber den Überraschungsaugenblick, um den echten Rubeus zur Niederlage zu zwingen. Pakka schlug mit seinem Schwert Rubeus' Stab entzwei und mit ihm löste sich Rubeus auf. Hoch in die Luft flog sein schwarzes Pentagramm aus Onyx, welches Fosco auffing und flink in einer Tasche verstaute. Dann liefen sie zu Rasmus hinüber, um ihm beizustehen. Noriax aber stieß mit solch einer Gewalt auf sie nieder, dass Fosco einen gewaltigen Hieb seines Flügels abbekam und gegen den riesigen Stein flog. Rasmus schrie weiter, denn er wurde jetzt nicht nur von dem falschen Noyan angegriffen, sondern auch vom fürchterlichen Noriax. Pakka hielt sich wacker neben Rasmus und konnte ihn verteidigen. Dabei traf er den falschen Noyan tödlich, sodass auch dieser zu Staub verfiel.
In mir entfachte Rasmus' Urgeschrei größte Energie. Mit jedem Schlag von mir verlor Noyan Kräfte, bis er unvorsichtig wurde und viel zu nah an der Klippe zu Boden ging. Ich reagierte sofort und setzte mein Schwert an seine Brust, aber Noyan sah meinen Hieb kommen und auch sein Schwert war bereit mir ins Herz zu stoßen. So standen wir uns etliche Ionenzeiten

gegenüber und ich spürte, dass ich ihn nicht töten konnte. Ich brachte es einfach nicht fertig, den letzten entscheidenden Hieb zu führen. Dabei ging es nicht darum, dass auch mein Leben auf Messers Schneide stand. Eine völlig mir unbekannte Macht hinderte mich daran und ich spürte, wie mein Tattoo auf dem Arm zu brennen anfing und leuchtete.

Aus den tief hängenden Wolken kam nun auf einmal wie aus dem nichts Dragsia angeflogen und stürzte sich direkt auf Noriax, der dabei war, Pakka und Rasmus zu vernichten. Ihr Drachenmutterherz brachte einen urgewaltigen Drachenschrei heraus, der auf uns alle wie ein kleines Beben einwirkte. Einen kleinen Moment war Noriax dadurch abgelenkt, denn damit hatte er nicht gerechnet. Er ließ von Rasmus ab und flog zu Noyan hinüber. Dabei traf mich sein gewaltiger Flügel und ich fiel über den Berghang hinunter. Noriax schnappte sich mit seinen Krallen Noyan und flog mit ihm ins Nichts davon. Ich dagegen sah mein Ende nahen, bis auch mich abrupt Krallen packten und ich ohnmächtig wurde. Oben auf dem Berg kam ich wieder zu mir und sah Dragsia, wie sie ihren roten Kopf über mich beugte und mich sorgenvoll musterte.

Noriax

„Unser Drachenmädchen ist wieder bei Bewusstsein", hörte ich Dragsia freudig sagen. Dragsia wendete ihren Kopf beiseite

und im Nu erschienen die Köpfe von Pakka, Rasmus, Barki und Fosco hinter ihr. Ich wusste gar nicht, wen ich als Erstes anschauen sollte, so freute ich mich über jeden Einzelnen. Noch etwas schwindelig im Kopf setzte ich mich hin, und bevor ich mich versah, schubste mich Rasmus vor lauter Übermut wieder um. Alle lachten, um danach gleich wieder zu stöhnen, weil ihnen alles wehtat.
Dragsia ging zu Barki und hauchte ihren Atem über seinen Körper, sodass sich seine blutenden Wunden verschlossen. Dasselbe machte sie bei Fosco und Pakka. Dann nahm sie Rasmus und legte ihre riesigen Flügel um ihn herum. Dieser Anblick rührte mich zu Tränen und ich fing an vor Freude zu weinen. Fosco und Barki umarmten und trösteten mich sogleich. Mit einer mir unbekannten Sprache unterhielt sich Dragsia mit ihrem Sohn Rasmus, der aufgeregt etwas zu erzählen schien. Mir war gar nicht klar, dass Rasmus die Sprache beherrschte. Dann drehte sich Rasmus zu uns um und rief uns alle zu sich hin. Da standen wir nun zusammen. Rasmus ging von Dragsia weg und ihre weiten roten Flügel legten sich jetzt um uns alle. In diesem Augenblick übertrug sie auf uns die Magie, die Drachensprache zu verstehen. Dies war unbeschreiblich schön und ich spürte erneut, wie mein Tattoo und mein Amulett auf der Haut glühten. Nach einer gefühlten Ewigkeit öffnete sie ihre Flügel und sprach zu uns:
„Ihr alle habt mit eurem Mut dazu beigetragen, dass Chaido und Rasmus nichts passiert ist, dafür bin ich euch unendlich dankbar. Rasmus hat in euch wahre Freunde gefunden und er hat sich prächtig entwickelt. Das konnte er nur bei so liebevollen Menschen und einem Faun, wie ihr es seid, tun“, und sie schaute Barki dabei an. „Leider kann ich auch dieses Mal nicht lang bei euch verweilen, ich muss zurück in unser Reich. Ihr habt gesehen, wie viel Macht dieser Noriax hat. Und

jetzt, da er weiß, dass es Rasmus gibt und wohin er gehört, wird er alles dransetzen, seine Siegesserie fortzuführen.
„Rasmus und ich, wir bringen euch jetzt nach Hause, ruht euch aus und dann sollten wir Noriax endlich völlig verbannen."
Gebannt hörten wir Dragsias Worten zu und ein jeder von uns war bereit, an ihrer Seite zu stehen und zu kämpfen, egal wo und wann es sein musste.
„So, Rasmus und ich werden jetzt jeden Einzelnen nach Hause fliegen!" Dragsias Kopf bewegte sich dabei zu Rasmus hinunter und blickte ihn fragend an.
Plötzlich sahen wir vor uns einen eisblauen Drachen, der rot wurde und sich schämte.
„Nun, keine Angst, mein Sohn, es ist nicht schwer und nicht schlimm. Du kannst es, du musst ganz tief in deinem Herzen Vertrauen haben. Ich, deine Mutter, habe das Vertrauen in dich und weiß, dass du es schaffen wirst."
Als wir sahen, dass Dragsia sich so viel Mühe gab, sprachen wir auch beruhigend und aufmunternd auf ihn ein. Etwas tapsig, so als ob er noch ganz jung und klein wäre, folgte er seiner Mutter.
„Komm, Rasmus, geh du voran, ich fliege gleich hinter dir los und lass dich nicht außer Augen!" Dragsias warmherzige, mütterliche Stimme lullte uns alle ein wenig ein. Rasmus ging bis zum Bergabhang und schaute hinab.
„Du musst nicht nach unten schauen, sondern dahin, wohin du fliegen willst!", ermahnte ihn Dragsia.
Er schaute in den Himmel, suchte sich einen entfernten Landeplatz, holte nochmals tief Luft und sprang dann einfach ab.
Wir hielten den Atem an und schauten hinterher. Dragsia folgte ihm auf dem Flügelschlag. Da flogen sie nun, ein roter und ein eisblauer Drache und dies war ein wundervoller

Anblick. Gebannt schauten wir beiden weiter zu und nach ein paar anfänglichen Schwierigkeiten flog Rasmus mit viel Schwung und Übermut zum auserkorenen Ort. Kurze Zeit später kamen sie nebeneinander zu uns zurückgeflogen. Wir liefen alle auf Rasmus zu und umarmten ihn. Dragsia hatte feuchte Augen, so sehr berührte es sie, ihrem Sohn das Fliegen beigebracht zu haben.

„Nun denn, fliegen wir heim!“, sagte Dragsia.

Fosco und Pakka erzählten noch von Urban und dass sie ihn von einer anderen Stelle des Berges abholen müssten, da er da noch verletzt dalag. Dragsia deutete zu Fosco hin, sich auf ihren Rücken zu setzen und ihr den Weg dorthin zu zeigen. Erst da bekam Fosco mit, dass er jetzt auch die Sprache der Drachen verstand. Jetzt endlich konnte er seinen Hass und Angst vor den Drachen fallen lassen. Mutig setzte er sich auf Dragsias Rücken und flog mit ihr davon.

Rasmus schaute fragend in die Runde: „Wer will als Erster?“

Pakka sah zu den anderen hinüber.

„Geh du nur ruhig, Pakka, wir haben uns hier viel zu erzählen. Wir treffen uns ja gleich wieder“, ermutigte ich ihn.

Pakka drückte einen jeden von uns und stieg auf Rasmus‘ Rücken. Erst ging Rasmus etwas in die Knie und wir dachten schon, Pakka wäre ihm zu schwer, aber Rasmus tat nur so und freute sich, Pakka ein klein wenig geneckt zu haben.

„Oh, oh, wir haben unseren Rasmus wieder“, lachte Barki laut und wir fielen in sein Lachen mit ein.

Zusammen winkten wir ihnen hinterher. Ich spürte ein großes Glück in mir und eine unbeschreibliche Freude. Als sie außer Sichtweite waren, setzen wir uns wartend neben dem riesigen Stein hin, entspannten uns und schauten in die Ferne.

„Sag mal, Barki“, fing ich an das Schweigen zu unterbrechen, „wie kam Fosco eigentlich zu euch und wer ist Urban?“

„Oh, Chaido, du glaubst gar nicht, was wir alles erlebt haben, um diesen Gipfel hier zu erreichen! Du magst ihn immer noch sehr?“, Barki kannte mich gut und wartete meine Antwort erst gar nicht ab. Dann fing er an mir alles Erlebte zu erzählen und auch, dass er Fosco nicht vertraut hatte, er dann aber sein Leben gerettet hatte und nun doch spürte, dass er es ehrlich meinte.
Bei Barkis Erzählungen über Fosco hüpfte mein Herz immer mal nach oben. Es war schon seltsam, wo und auf welche Art und Weise man sich wieder traf. Aber es fühlte sich gut an und richtig und schön.
„Siehst du sie da hinten kommen?“, unterbrach Barki meine Gedanken.
„Es ist wundervoll, beide so vereint zu sehen. Dann lass uns mal aufstehen und heimfliegen, Barki!“
Barki kletterte auf Rasmus‘ Rücken und freute sich wie ein kleines Kind auf ihm zu fliegen.
Ich hingegen bestieg Dragsia. Ich liebte ihre leuchtend rote Farbe und ihre liebevolle Stärke, die sie ausstrahlte. Einmal auf ihrem Rücken zu fliegen, war schon immer ein heimlicher Wunsch von mir gewesen, und es war jetzt noch schöner als ich es mir immer erträumt hatte. Hier auf ihrem Rücken zu sitzen war, als ob man Energie und Kraft pur tankte. So wurde der Heimflug zu einem wundervollen Erlebnis.

Daheim angekommen, sah ich nur fröhliche Gesichter um mich herum. Wir waren wirkliche Freunde, nein, sogar eine Familie, denn so fühlte es sich an. Ich wusste gar nicht, zu wem ich als Erstes gehen sollte, um ihn liebevoll zu umarmen. Urban kannte ich ja noch gar nicht, ich hatte ihn nur mal kurz auf dem Fest gewesen. Schön zu wissen, dass die meisten Wesen und Menschen dort wahrhaftige Freunde waren. Ich beobachtete heimlich Rasmus und musste feststellen, dass er einen enormen Sprung als Jungdrache gemacht hat. Leider musste sich Dragsia bereits kurz nach unserer Ankunft wieder verabschieden, aber ich spürte, dass sie in großer Sorge um ihr Reich war.

„Du bist so nachdenklich, Chaido", fragte Fosco und stupste mich an.

Ich lächelte ihm zu. „Du kannst also mehr sprechen, als ich vermutet hatte. Ja, Fosco, ich denke über Dragsia nach. Wir müssen ihr helfen. Es ist auch wichtig für uns alle. Wenn Dragsia in ihrer Dimension den Kampf gegen Noriax verliert, dann wird Noriax bald unsere Erde beherrschen und uns wird es dann nicht mehr geben. Daher müssen wir ihr helfen und natürlich auch Rasmus, denn ohne ihn hätten wir viel weniger Spaß."

Fosco stimmte mir zu. „Morgen werden Urban und ich zu unserer Hütte gehen. Urban braucht noch ein paar Tage Ruhe und auch wir sollten sie uns gönnen. Danach melde ich mich wieder bei dir, versprochen." So nahm er meine Hand in die seine und drückte sie fest an sein Herz. „Komm, Chaido, ich bin dir noch eine Erklärung schuldig, ich will dir alles erzählen, was damals passiert war."

„Gut, Fosco, klären wir dies und dann lass uns das Zusammensein mit den anderen in der Hütte genießen."

Am nächsten Tag verabschiedeten sich Urban und Fosco von uns. Sie zogen in Richtung ihrer Hütte los. Barki und Rasmus hatten schon wieder Streiche im Kopf, es ging ihnen also gut. Die beiden zu beobachten war einfach nur herrlich und zauberte ein Lächeln auf mein Gesicht. Ich ging zu Pakka, um ihm zur Hand zu gehen, und äußerte dabei meine Bedenken in Bezug auf Dragsia. Pakka sah es ähnlich, wusste aber keinen Rat, wie wir ihr im Moment beistehen könnten. Mir wurde

traurig ums Herz und ich fühlte mich sehr hilflos. Denn sie hatte so viel für uns getan. Unbewusst streichelte ich immer wieder über mein Tattoo am Arm und grübelte. Ich wünschte Janna wäre noch hier, sie hätte bestimmt einen Rat für uns gehabt. Die Gedanken ließen mich auch abends nicht los, sodass ich in dieser Nacht sehr unruhig schlief und sie mir einen seltsamen Traum bescherte. Ich sah einen furchtbaren Kampf, zwischen Dragsia, dem König Astragon und Noriax, und bei ihm war ein weiterer schwarzer Drache. Dragsias Kräfte schwanden mit jedem Angriff. Plötzlich tauchte Janna im Traum auf und befahl mir, in unsere Gebirgshöhle zurückzugehen und das Kästchen zu holen.
„Los, Chaido, es wird höchste Zeit den Kristallschädel zu benutzen. Ihr alle müsst in die Drachendimension hinein."
Und Janna erzählte mir, wie wir das gemeinsam schaffen könnten und was es mit dem Zauber des Kristallschädels auf sich hatte. Gebannt hörte ich zu und hatte aber noch eine dringende Frage an sie, bevor sie wieder verschwand.
„Sag, Janna, warum konnte ich den jungen Mann am Gipfel nicht töten? Es war mir, als verbände uns etwas mir Unerklärliches."
„Ja, da gibt es etwas, was ich dir nie erzählt habe, weil die Zeit bis dahin nicht reif genug war. Als du damals in der eiskalten Nacht geboren wurdest, warst du nicht das einzige Kind deiner Eltern. An diesem Tag wurde kurz vor dir ein Junge geboren mit dem Namen Noyan, dein Zwillingsbruder. Als ich dich aus dem Dorf abholte, kam kurz darauf ein Zauberer und brachte auch Noyan weg. So wurde es mir zugetragen. Ich habe nie erfahren, wer es gewesen ist. Du aber konntest den jungen Mann auf dem Gipfel nicht töten, da dieser dein Zwillingsbruder Noyan ist."

Janna verschwand und wieder bekam ich schreckliche Szenen zu sehen vom Kampf im fernen Drachenreich.
Ich schreckte schreiend aus meinen Traum auf. Rings um mich herum sah ich Pakka, Barki und Rasmus sitzen. Alle schauten mich sorgenvoll an.
„Was ist geschehen, Chaido? Du hast so unruhig geschlafen, dass wir alle wach geworden sind. Aber wir wollten dich nicht aus dem Traum herausreißen, daher wachten wir hier über dich“, sprach Pakka im väterlichen Ton.
Ich atmete mehrmals tief durch, stand auf und lief zum Tisch hinüber. Dort drehte ich mich um und rief alle zu mir hin.
„Kommt, ihr Lieben, es gibt etwas Wichtiges zu tun. Wir können Dragsia helfen.“ Erstaunt und mit großen Augen schauten sie mich an, setzten sich und warteten gebannt auf meine Worte. Rasmus schmiegte sich mit seinem Kopf an meine Schulter, sodass ich nicht umhin kam ihn am Kinn zu graulen.
„Ich muss zurück in Jannas Heimat, dort liegt etwas Wichtiges für uns bereit. Ich hatte es damals versteckt, bevor ich hierherkam. Das wird uns helfen, zu Dragsia zu gelangen und sie zu unterstützen.“ Alles vom Traum wollte ich nicht wiedergeben. Zu schrecklich waren die Szenen der Kämpfe gewesen. Noch dazu, dass mein Zwillingsbruder Noyan auch daran beteiligt war. „Wir müssen schnell handeln. Zudem brauche ich morgen die Kraft des Vollmondes. Wie also komme ich am schnellsten dorthin?“, ich blickte in jedes Gesicht. Rasmus stupste mich wieder an.
„Ja, da hast du deine Antwort, Chaido“, sprach Barki. Am schnellsten geht es mit Rasmus. Es ist nur sehr gefährlich euch alleine fliegen zu lassen. Aber wenn wir alle gehen, dauert es fast zwei Tage. Ich glaube nicht, dass dieser fürchterliche Drache Noriax oder der andere gleich morgen wieder hier

unten auftauchen werden. Aber es ist ein sehr riskantes Unternehmen." Barki schien weiter zu grübeln.
„Du hast recht, Barki, ich muss das Risiko eingehen, allein mit Rasmus unterwegs zu sein. Aber wir beide haben uns schließlich auch verändert und sind mit all den Umständen, die hinter uns liegen, gewachsen, wir werden es schaffen."
Pakka schaute mich sorgenvoll an.
„Chaido, was können wir für dich tun, du hast sicherlich schon einen Plan?"
„Oh, Pakka, wenn ihr wirklich helfen wollt, wäre es schön, denn ich benötige wirklich all unsere Hände, die von euch hier und die von Urban und Fosco auch. Wenn ihr also in der Zeit zu ihnen gehen und euch einfach reisefertig machen könntet, wäre das toll. Geht dann zusammen hinüber zu der Höhle, in der ich letztens so viel Zeit verbracht habe. Dort treffen wir uns. Und bitte, es ist wichtig, dass ihr alle euer Pentagramm, also den sternförmigen Edelstein mit euch führt, auch Urban. Vergesst ihn nicht."
„Was ist mit Fosco, der hat sicherlich keinen", warf Barki ein.
„Doch", antwortete Pakka, „Fosco hat das Pentagramm von Rubeus übernommen, ich habe es gesehen."
„Dann fehlt nur noch Rasmus", warf Barki erneut ein.
„Stimmt, Barki, daran dachte ich auch schon. Ich werde ihm den von Janna überreichen. Ich glaube, das würde auch Janna gefallen", erwiderte ich. Ein Blick nach draußen zeigte mir, dass die Sonne im Begriff war aufzugehen.
„Komm, Rasmus, wir müssen noch das bisschen Dämmerung nutzen, um ungesehen zur Berghöhle zu gelangen." Schnell stand ich auf, packte kurz ein paar Sachen zusammen und verabschiedete mich liebevoll von den anderen. Dann stieg ich auf Rasmus' Rücken und wir flogen der Sonne entgegen.

Mit Rasmus zu fliegen war noch mal eine andere Art von Abenteuer. Wie es seinem Naturell entsprach, flog er übermütig hoch und runter und oftmals viel zu knapp über die Baumkronen hinweg. Zum Glück aber war es doch noch sehr früh, sodass uns niemand bemerkte. Man spürte, wie sehr Rasmus seine neue Fähigkeit, das Fliegen, genoss und wie gut es ihm getan hatte, dass seine Mutter neulich bei ihm gewesen war. Wir konnten gut bei der Berghöhle landen. Es war ein komisches Gefühl, wieder hier zu stehen. Zuerst zeigte ich Rasmus den wundervollen Ausblick und erzählte ihm, wie Janna und ich hier regelmäßig hochgekommen waren. Es war schön, mit einem Freund das alles hier zu teilen und es weckte so viele Erinnerungen. Über ein Jahr war es nun her, dass ich die Höhle verlassen hatte. Ich ging nun weit in die Höhle bis zu unserem Versteck hinein und ertastete mit meinen Händen das Kästchen. Erleichtert stellte ich fest, dass es noch vorhanden war. Schnell ging ich damit ins Licht zurück und öffnete es. Die Sonnenstrahlen erzeugten ein Meer von Farben auf dem Kristallschädel. Ehrfurchtsvoll hielt ich ihn hoch.

„Das wird dein Reich retten, Rasmus, und natürlich das hier auch!“ Ich kramte weiter und holte Jannas Amulett hervor. „Wir benötigen alle unsere verschiedenfarbigen Amulette. Dieses Pentagramm aus Bernstein wird ab heute dir gehören, Rasmus.“ Stolz zeigte ich ihm den sternförmigen Stein, der früher Janna gehört hatte.

„Komm, beug mal deinen Kopf herunter“, sprach ich zu ihm und lächelte Rasmus an.

Rasmus war sich dieses wichtigen Moments bewusst und schaute mich ganz ernst an. Ich legte ihm Jannas Amulett um den Hals und stolz streckte er seinen Kopf danach in die Höhe. Als Sonnenstrahlen auf den Bernstein trafen, strahlte dieser in alle Richtungen und es schien auch, als ob eine ungeahnte

Kraft vom Stein auf Rasmus übergegangen war. Nun lächelte er und stupste mich in die Seite. Ich verpackte den Kristallschädel, der die ganze Zeit die Strahlen der Sonne in sich aufgesogen hatte, in die Kiste zurück und diese in meine Tasche. Eine Weile standen wir noch am Abhang und ich dachte darüber nach, wie sehr ich mich verändert hatte. In Gedanken bat ich um viel Kraft für die nächste Zeit und dankte dem Universum für die viele Unterstützung, die mir zuteilwurde.

„Bist du so weit, Chaido?“, fragte mich Rasmus etwas ungeduldig.

„Ja, Rasmus, ich denke, es kann losgehen. Lass uns in deine Welt hinübergehen. Aber zuvor müssen wir noch die anderen treffen.“

Bei dem jetzigen Flug mussten wir weitaus höher fliegen, denn es war jetzt hell draußen und schnell hätte uns jemand als Ziel entdecken können. Als wir unbeschadet an der anderen Höhle ankamen, war von unseren Freunden noch nichts zu sehen.

„Lass uns hier im Schatten auf die anderen warten, Rasmus!“

Wir machten es uns nahe dem Höhleneingang gemütlich. Die Wärme des Sommers erzeugte Müdigkeit, sodass wir schließlich beim Warten einschlummerten.

„Da, seht euch nur die beiden an, wir laufen hier in der Hitze und sie kuscheln miteinander!“ Barki konnte sich solch einen Satz nicht verkneifen, denn zu gerne hätte er die Plätze getauscht. Vom Lachen der anderen wachten Rasmus und ich auf.

„Schön, euch alle wiederzusehen!“, begrüßte ich sie.

„Ja, das war aber eine kurze Ruhe, die du uns gegönnt hast“, brachte Fosco heraus und zwinkerte mir mit dem Auge zu.

Ich zuckte nur mit den Schultern, denn was hätte ich anderes tun sollen.

„Wie sieht dein Plan jetzt aus, Drachenmädchen?“, rief mir Urban zu.
„Lasst uns zunächst in die Höhle gehen, dort ist es angenehm frisch und niemand kann uns hören“, erwiderte ich.
Pakka öffnete mit seinem Bergkristallstein die Höhle und wir kamen in die Dunkelheit. Barki schnappte sich eine Fackel und entzündete diese.
„Wir müssen tiefer hinein, nehme ich an, Chaido?“, fragte mich Barki.
„Stimmt. Komm Barki, wir gehen beide vor.“ Und ich zwickte Barki in die Seite, sodass er lachte. Rasmus hatte zu tun, mit seiner Statur durch den ersten Gang zu kommen. Aber in der größeren Höhle fühlte er sich gleich sichtlich wohler. Fosco staunte nur und schaute sich neugierig nach allen Richtungen um.
„Wir müssen noch in die nächstgrößere Höhle, dann erst haben wir es geschafft“, rief ich den anderen aufmunternd zu. Es war auch für mich komisch wieder hier zu sein, aber ich fühlte mich sehr sicher und für lange Gedankengänge in die Vergangenheit war jetzt eh keine Zeit.
„Wir sind da, von hier aus wird es losgehen.“ Ich machte halt und drehte mich zu den anderen um. Verdutzte Gesichter schauten mich an. Aber ich erinnerte mich genau an den Traum mit Janna und dass dieser Ort hier für uns bestimmt war.
„Okay, dann erzähl mal, Chaido, wie es weitergehen soll“, nervös schaute sich Fosco um.
„Wir haben noch ein wenig Zeit, um uns auszuruhen. Es ist später Nachmittag und wir müssen warten, bis der Vollmond am Himmel steht. Den sehen wir zwar hier drin nicht, aber er wirkt trotzdem. Daher wäre es gut, wenn wir uns einfach ein wenig hinsetzen, ruhen und in uns gehen.“ Ich legte das

wenige Gepäck zur Seite und machte mich auf, um die Höhle nochmals abzulaufen. Dabei entzündete ich Salbeibündel, um alle Ecken auszuräuchern und jegliche negative Energie, Schwingungen und Geister zu vertreiben. Fosco folgte mir und fragte mich, weshalb ich gerade Salbei nahm. Ich erzählte ihm, dass Salbei eine der stärksten Pflanzen ist und beim Verräuchern einen heiligen Rauch entwickelt. Fosco staunte, schaute dem Rauch nach und schnupperte.
„Hey, schnupper mir nicht den ganzen Rauch weg“, neckte ich ihn.
„Das ging nun aber doch sehr schnell, unser Wiedersehen, meine ich“, flüsterte Fosco mir zu.
Innerlich lächelte ich und freute mich, dass er mir gefolgt war.
„Wie ich höre, hast du den Onyxstein von Rubeus erhalten?“, fragte ich ihn zurück.
„Nun ja, sagen wir, er hat ihn mir nicht ganz freiwillig gegeben. Aber der Stein weiterhin in seiner Macht, wäre sicherlich nicht gut gewesen.“ Fosco kam sich ein bisschen wie ertappt vor.
„Gut, dass du ihn hast. Sag, glaubst du an andere Reiche, solche, die wir nicht einfach so sehen können?“, fragte ich neugierig.
„Hey, was für eine Frage, ich kenne Barki und habe also schon mit einem Faun gegen einen Drachen gekämpft und gegen andere Ungeheuer, die uns auf dem Weg zu dir begegnet sind. Wenn ich das jetzt nicht glauben sollte, dann würde ich verrückt draußen herumrennen.“ Etwas verwirrt schaute mich Fosco an.
„Nun, das hier wird nochmals ein anderer Ritt werden, drum frag ich, wie weit dein Herz offen ist für Dinge, an denen manch andere verrückt werden.“ Ich blieb stehen und schaute ihm in die Augen.

Unerwartet nahm Fosco meine Hand und legte sie an sein Herz.
„Hier, fühle, wie sehr mein Herz an dieser Sache hängt und wie sehr ich bereit bin, dir und euch zu folgen und mit euch zu kämpfen.“ Dann küsste er mich auf die Stirn.
Meine Hand fühlte ein sehr kräftig schlagendes Herz, das fast ein wenig außer Takt geraten ist. Gut fühlte es sich an und auch sein Kuss war voller Innigkeit. Beinahe wäre ich ihm schon erlegen, aber ich wollte und konnte mir jetzt keine verquirlten Gefühle leisten. Ich nahm meine Hand von ihm und ging abrupt weiter. Im Rücken spürte ich förmlich, wie er in sich hineinlächelte. Und auch ich lächelte in mein Herz ....
Schweigsam gingen wir zu den anderen zurück.
Rasmus erkundete die Höhle, während sich Urban, Pakka und Barki noch ausruhten und ich alles für unseren Übergang in die Drachendimension vorbereitete. Fosco bat mir zwar seine Hilfe an, aber das musste ich alleine tun, denn nur ich hatte das Bild von Janna aus dem Traum vor Augen. Es musste alles perfekt sein, nur dann konnte es klappen. So, wie das Pentagramm, suchte ich nach fünf Ecken in der Höhle, die alle in etwa den gleichen Abstand zum nächsten Punkt hatten. Dort stellte ich jeweils eine Fackel hin. In das bisschen Sand, was wir unter unseren Füßen hatten, zeichnete ich die jeweiligen Verbindungslinien und achtete darauf, dass sie kein einziges Mal unterbrochen wurde. Janna hatte immer gesagt, die Linie müsse in einem Strich gezogen werden und am Ende geschlossen sein. So sähe man keinen Anfang und kein Ende. Darauf passte ich auf. In die Mitte stellte ich gleichfalls eine Fackel. Ich prüfte genau nach, dass sich das Zentrum des Pentagramms gleichzeitig unter dem höchsten Punkt der Höhle befand. Alles passte. Ich war zufrieden, aber innerlich auch ein wenig aufgeregt. Das hier würde mal nicht eben ein

Besuch bei Dragsia werden, sondern ein Ritt in ihre Dimension. Als die geeignete Zeit nahte, positionierte ich alle auf ihren Punkt. Zuerst bat ich Urban sich auf den ersten Eckpunkt zu stellen.
„Hast du dich noch etwas ausruhen können, Urban?“, fragte ich ihn. Ich wollte sicher sein, dass alle mit voller Energie dabei waren.
„Danke, Chaido, dass du fragst. Aber schon alleine die Hilfe von Dragsia brachte viel Kraft zurück. Ich bin bereit.“ Und seine Stimme war klar und er sich über alles bewusst.
„Schön, Urban, dann ist das hier dein Platz, bei dieser Fackel.“ Ich entzündete die Fackel und Urban stellte sich vor sie hin.
„Bitte nimm deinen gelben Citrinstein in die Hand, lade ihn auf und halte ihn später mit deinen beiden Händen so zum Mittelpunkt hin. Aber zuvor werde ich dich und deinen Stein mit Salbei abräuchern. Nichts, aber auch gar nichts soll an alter Energie an uns haften. Wenn du dann später beim Ritual deinen Stein in Richtung Mitte hältst, denke besonders an das Element Luft. Visualisiere am besten herumwirbelnde Luft, die hat viel Energie.“
Urban nickte, umarmte mich und machte sich bereit, den Rauch zu empfangen.
Jetzt kam Barki an die Reihe und wie so oft war er derjenige, der alles mit Leichtigkeit und Fröhlichkeit zu nehmen schien. Ich hatte ihn immer dafür bewundert.
„Komm, stell du dich mit deinem blauen Saphirstein hierher, genau an diese Stelle. Für dich wird der Übergang etwas einfacher werden, denn du stammst schließlich aus einem anderen Reich. Aber bedenke, nur zusammen können wir alle hinüberkommen.“
Barki lächelte mich an und umarmte mich.

„Denke du bitte intensiv an das Element Wasser, vielleicht einen tosenden Wasserfall, und jetzt lass dich von mir einräuchern“, dabei schmunzelte ich ihn an, denn ich wusste, dass er es liebte.
Dann nahm ich Pakka bei der Hand und führte ihn zu seinem Punkt. „Hier nun ist dein Platz, an der Spitze des Pentagramms. Nimm du bitte deinen weißen Bergkristall in deine Hände und öffne sie später, damit seine Energie die Mitte erreicht. Du hast eine reine, klare Seele, Pakka, das durfte ich schon oft erkennen. Deswegen visualisierst du auch diese gleich, den reinen Geist.“
„Du kannst dich auf mich verlassen, Chaido, ich bin zu allem bereit, wir werden es schaffen.“ Dann drückten wir uns innig und er hauchte mir einen Kuss auf die Stirn. Ich räucherte ihn ganz und gar ab und auch seinen Stein.
Jetzt kam Fosco an die Reihe.
„Wahrscheinlich wird es für dich am schwierigsten werden, aber ich glaube an dich, an uns, und dass wir alle gemeinsam im Drachenreich ankommen.“ Weiter erzählte ich ihm den Ablauf und was er mit seinem Onyxstein zu tun hätte.
„Du stehst standhaft mit beiden Beinen auf der Erde. Du und dein schwarzer Stein stellen heute die Erde da. Visualisiere sie mit deinem Herzen und sende diese Energie über deinen Stein in die Mitte.“
Auch Fosco küsste mich auf die Stirn und umarmte mich. Dann bekam auch er seine Portion Salbeirauch ab, und besonders sein Stein, den er von Rubeus hatte, wurde reichlich damit gereinigt.
Als Letztes führte ich Rasmus zu seinem Platz in die Mitte. Vorsichtig überquerten wir die gezogenen Linien, damit diese nicht verwischten. Rasmus war aufgeregt, schließlich ging es in seine Heimat und zu seinen Eltern.

„Bitte, Rasmus, ich benötige dich hier an dieser Stelle. Du wirst ungehindert in deine Dimension kommen, dafür brauche ich nicht viel zu tun. Aber wir alle brauchen dich, um uns alle dorthin zu bringen, daher steh du genau hier! Ich überreiche dir jetzt den Kristallschädel. Du wirst die Kraft haben, ihn halten zu können, darauf vertraue ich. Wir sehen uns dann in deinem Reich!", so verabschiedete ich mich und zog ihn nochmals fest zu mir. Zur Vorsicht aber wurden auch er, sein Pentagramm und vor allem der Kristallschädel abgeräuchert und somit aufgeladen. Rasmus genoss diese Zeremonie sehr.

Jetzt waren sie alle auf ihren Platz und setzten sich nieder. Die Fackeln leuchteten und ich begab mich auf meinen Platz zwischen Fosco und Barki. Mit dem restlichen Salbei räucherte ich auch mich selber und meinen Stein ab. Ich entzündete zusätzlich etwas Weihrauch, der sich schnell in der Höhle verbreitete. Dann setzte ich mich in den Lotussitz, nahm meinen roten Rubinstein in die Hände und öffnete diese so weit, dass das Pentagramm zur Mitte hin leuchten konnte. Es war so weit. Ich schloss die Augen, um innerlich nochmals alles durchzugehen, ob ja alles richtig vorbereitet war. Gut, dachte ich, der Vollmond müsste jetzt draußen in voller Größe zu sehen sein. Während der Weihrauch sein ganz eigenes Aroma verbreitete, lullte uns der Rauch förmlich ein. Ich visualisierte das letzte Element, das noch fehlte–das Feuer. Nach einer Weile lag Magie in der Luft. Aus einem Gefühl heraus begann ich zu summen. Das Summen formte sich zu einer Melodie und kurz darauf war es in der gesamten Höhle zu hören. Auch die anderen stimmten mit ein. Immer wieder wurde mein Körper von eigenartigen Schauern geschüttelt. Sie durchzogen meinen Körper vom Kopf her abwärts und ließen mein Herz förmlich erbeben. Die Energieschauer fühlten sich wie kalte, kleine, spitze Eisnadeln auf meinem Körper an.

Was ich nicht sehen konnte, war, dass der Mond nun direkt über uns stand und ein winzig kleiner Teil davon durch eine Öffnung in der Deckenhöhle auf den Kristallschädel fiel. Dieser fing an zu leuchten. Alle unsere Edelsteinpentagramme zeigten auf den Kristallschädel und ihre Farben leuchteten nach oben zur Decke. In diesem Moment öffnete sich kreisförmig ein Portal und verschlang uns in sich.
Mir wurde schwindelig im Kopf und vor meinen Augen sah ich auch alle anderen schwerelos um mich herumfliegen. Dabei sausten wir mit starker Geschwindigkeit ins Nichts. Mir kam es wie eine Ewigkeit vor. Dann wallte urplötzlich Nebel auf, der uns verschlang.

Langsam erwachten wir alle. Etwas dösig im Kopf und mit leichten Kopfschmerzen öffnete ich langsam die Augen. Was war passiert? Mein erster Blick führte nach oben. Ich sah einen völlig fremden Himmel. Wir waren also nicht mehr in der Höhle. Wir mussten es geschafft haben, arbeitete es in meinem Kopf. Um uns herum war es nicht so klar, wie wir es kannten. Hier gab der Himmel einen rötlichen Schimmer von sich. Aber es war dennoch so hell, dass man alles gut erkennen konnte. Ich saß auf einer Art von Rasen, wenn es überhaupt einer war. Er fühlte sich jedenfalls so an. Erstaunt schaute ich in die Runde. Auch die anderen waren sehr von dem beeindruckt, was geschehen war.
„Krasse Reise!“, platzte es aus Barki heraus, der als Erster die Stille durchbrach.
Rasmus lief bereits umher und schaute sich alles neugierig an. Wie es jetzt wohl für ihn sein musste, endlich daheim zu sein, überlegte ich.
Langsam standen wir alle auf und ließen die Umgebung auf uns wirken.

„Es ist schön hier, anders, damit habe ich nicht gerechnet“, brachte Urban heraus.
„Kommt, meine Freunde, packt euren Stein bitte gut weg, wir brauchen ihn für die Rückreise“, erinnerte ich alle und hoffte sie damit aus der Starre zu erwecken. Rasmus legte mir vorsichtig den Kristallschädel in die Hand. Ich strich mit meiner Hand darüber und war überrascht, welche große Kraft er besaß. Ich fragte mich, ob Janna wohl jemals damit gereist war. Ich verstaute ihn gut in das Kästchen und packte dies vorsichtig zu meinen anderen Sachen.
„Geht es allen gut? Ist niemandem etwas passiert?“, hörte ich Pakka in die Runde fragen. Barki klopfte tatsächlich alle seine Knochen ab und schüttelte dann verneinend den Kopf.

Ich lief zu Rasmus hinüber und sah, dass er bereits einen weitaus besseren Ausblick genoss.
„Deine Heimat, Rasmus, dein Reich“, flüsterte ich ihm zu. Er stand ganz still da, als ob er alles in sich aufsog, jedes Detail. Jetzt kamen auch die anderen zu uns und staunten.
„Ob das jemals einer zuvor von uns gesehen hat?“, fragte Fosco.
„Ich erinnere mich an einen Baum und eine Wiese. Ich glaube, wir müssen diesen Ort finden. In der Nähe ist sicherlich Dragsias Reich.“ Aber irgendwie kam mir dieser Satz selber komisch vor, denn wie sollten wir hier genau das finden? Plötzlich wurde Rasmus unruhig.
„Schnell, versteckt euch, macht schon!“
Wir schauten uns alle um, wo wir dies am besten tun könnten. Fosco zeigte auf einen größeren Felsblock, hinter dem wir alle Platz haben müssten. Rasmus blieb stehen. Kurz darauf flog ein Drache heran und landete genau bei Rasmus. Dieser ging in Abwehrstellung. Ein kurzer, intensiver Schrei kam aus dem

fremden Drachen hervor. Seine Farbe ging in das Bräunliche hinein, aber bei dem roten Licht konnte das auch täuschen.

„Zum Glück ist es nicht Noriax", flüsterte mir Barki zu. Ich nickte nur, denn den gleichen Gedanken hatte ich auch gehabt.

Er näherte sich Rasmus und beschnupperte ihn, ja fast tänzelte er um ihn herum. Er schien verwirrt zu sein. Rasmus versuchte ganz ruhig zu bleiben und sich etwas aufzuplustern, damit er gegen ihn nicht so klein wirkte. Nach einer Weile des Tänzelns legte er sich vor Rasmus nieder und bezeugte damit seine Unterwürfigkeit. Jetzt waren wir alle überrascht. Eher hätten wir mit einen Angriff gerechnet. Erleichtert blieben wir hinter dem Stein stehen. Rasmus fragte ihn, wer er denn sei. Dank Dragsia konnten wir wirklich alles verstehen und der Unterhaltung folgen. Der Drache meinte, er könne riechen, dass Rasmus aus dem Königreich abstamme, daher hätte er ihn auch nicht angegriffen. Er selber habe vor Kurzem all seine Jungen verloren, als Noriax in seinem Tal wütete. Er warnte Rasmus, sich nicht von ihm erwischen zu lassen.

„Sag, wie weit ist es bis zum Königreich?", fragte Rasmus ihn neugierig. Der andere Drache aber schien etwas verwirrt zu sein und verstand seine Frage nicht.

„Wie, du weißt nicht, wo dein Reich ist?", kam es ungläubig zurück.

Ja, wie sollte Rasmus ihm das nun erklären. Aber da fiel ihm eine List ein.

„Nun, ich habe einige Zeit hier verbracht und von den verschiedensten Pflanzen hier genascht, dann bin ich eingenickt. Beim Aufwachen war mir etwas komisch im Kopf und ich habe die Orientierung verloren."

Der andere fing wieder an zu tänzeln und es sah so aus, als ob er sich über Rasmus lustig machte.

„Hast du etwa von dieser hier genascht?“, und er zeigte mit seiner Nasespitze auf eine zierliche grüne Blüte.
Rasmus nickte einfach verlegen.
„Na, kein Wunder, dass du hier so komisch rumstehst und tust, als kennst du deine eigene Welt nicht.“ Noch immer tänzelte er umher. „Also hör zu, ich bin ja nicht so und so kann der König mal nicht irgendwann sagen, ich hätte seiner Familie nicht gedient. Flieg in diese Richtung, zwischen den zwei Gebirgsspitzen hindurch, dann wirst du es finden.“ Sein Ton war nun doch eher, als machte er sich lustig.
Rasmus wurde ernst: „Du sagst, du dienst dem König?“
„Ja natürlich, dem König Astragon“, seine Stimme wurde stolz.
„Das freut mich natürlich, aber wie wäre es, wenn du mich einfach dorthin begleitest, damit ich mich nicht verirre?“
Uns war hinterm Stein nicht ganz klar, was Rasmus vorhatte, aber es war besser sich weiterhin still zu verhalten und Rasmus zu vertrauen.
Der fremde Drache tänzelte erneut umher.
„Also gut, dann lass uns gemeinsam fliegen.“
Schon wollte er sich in die Lüfte erheben, da hielt ihn Rasmus zurück.
„Ich benötige noch einen starken Begleiter!“ Rasmus versuchte wirklich alles auf eine Karte zu setzen.
Der fremde Drache drehte sich ruckartig um und fauchte Rasmus an.
„Was willst du eigentlich wirklich? Ich habe dich hier noch nie gesehen. Du tust, als ob du hier nichts kennst und nun willst du eine Eskorte ins Königreich? Wer bist du eigentlich?“
Rasmus plusterte sich erneut auf, um größer zu wirken, und trat ihm mutig gegenüber. Aus ihm kamen eigenartige Töne, die einschüchternd wirkten.

„Was ist nun? Gibt es hier noch jemanden, der bereit ist, dem König Astragon zu dienen? Ihr werdet es nicht bereuen!“

Der andere Drache schien kurz zu überlegen, wie er sich verhalten sollte und flog dann doch kurz entschlossen los.

„Was machst du da, Rasmus?“ Mich hielt nichts mehr hinter dem Stein.

„Ich versuche uns einen schnellstmöglichen Transport ins Königreich zu besorgen. Irgendetwas stimmt nicht. Ich fühle das, wir müssen uns beeilen. Ich werde ihnen befehlen uns hinüberzubringen, das Risiko müssen wir eingehen. Schnell, verschwinde wieder hinterm Stein, er komm schon zurück!“

Rasmus war sichtlich aufgeregt. So kannte ich ihn nicht, dass er das Kommando übernahm.

Der andere Drache kam mit einem gleichfarbigen Drachen zurück und setzte sich nieder, als ob er auf einen weiteren Befehl warten würde.

Rasmus pokerte weiter. „Danke, und jetzt müssen wir noch meine Freunde mitnehmen.“

„Von welchen Freunden redest du, ich sehe hier gerade niemanden?“, platzte es ungeduldig aus den anderen heraus.

„Dort, dort sind sie“, und Rasmus zeigte auf den Stein, hinter dem wir uns versteckt hielten.

Wir nahmen dies als Zeichen hervorzukommen. Vorsichtig und bereit jederzeit zu kämpfen kamen wir nacheinander hervor. Dabei war auch uns etwas mulmig zumute, aber wir vertrauten Rasmus.

Verdutzt schauten die fremden Drachen uns an. Ihre Nasenflügel flatterten aufgeregt und sie waren sehr damit beschäftigt zu überlegen, ob sie uns auffressen sollten oder nicht. Genau in diesem Moment stieß Rasmus einen furchterregenden Schrei heraus, der wie ein Schmerzensschrei

klang. Selbst wir erschraken über die Macht seines Schreies. Die beiden Drachen wichen sofort zurück.
„Bringt uns jetzt ins Königreich! Und zwar sofort, es ist dringend!“ Seine Stimme duldete keinen Widerspruch mehr, das zeigte er uns allen.
Die fremden Drachen nickten wie untergeben und machten sich kleiner, damit wir die Möglichkeit hatten auf sie aufzusteigen. Pakka und Barki stiegen auf den einen und Fosco und Urban auf den anderen. Ich ging zu Rasmus und bemerkte, wie sehr sein Herz schlug. Wir starteten und ich versuchte während des Fluges Rasmus etwas zu besänftigen, aber irgendetwas ging in ihm vor und ich wusste nicht was.

Ich bekam kaum etwas von der Umgebung mit, da sich meine Sorge um Rasmus vergrößerte. Ein Blick ab und zu nach unten zeigte aber viel verbranntes Land und an einigen Stellen auch Feuer. Mir kam es vor, als ob Rasmus die anderen antrieb schneller zu fliegen. Als wir genau zwischen den zwei Gebirgsspitzen hindurchflogen, sahen wir vor uns ein gigantisches großes Reich. Das Herz von Rasmus schlug immer heftiger und er überholte sogar den führenden Drachen, als ob ihn nun nichts mehr hielt. Ich klammerte mich fest an ihn dran. Jetzt vernahmen wir Schreie von weiteren Drachen, die auf nichts Gutes hindeuteten. Einige kamen uns entgegengeflogen, als ob sie flüchteten. Auch die beiden anderen Drachen setzten zur Landung an, sie hatten plötzlich große Angst. Rasmus hatte keine Zeit sich darum zu kümmern, etwas trieb ihn unaufhaltsam und immer weiter zu einem bestimmten Ort. Nach ein paar letzten Flügelschlägen sahen wir das große Ausmaß des Kampfes, der sich vor unseren Augen abspielte. Noriax hatte mit aller Gewalt gewütet und kämpfte gegen einen riesigen, dunkelblauen Drachen. Und

nun sahen wir auch Dragsia und ich verstand, warum Rasmus sich so eigenartig benommen hatte. Er hatte die Schmerzen seiner Mutter gespürt, die bereits schwer verletzt am Boden lag. Ein weiterer schwarze Drache, es war tatsächlich Noyan, war bereit, Dragsia den endgültigen Todesstoß zu geben. Der wutentbrannte Schmerzensschrei von Rasmus erfüllte die riesige Höhle, in die wir jetzt hineinflogen. Es war mir, als ob Rasmus seine tiefste Urkraft hervorholte und sich jetzt mit voller Wucht auf Noyan stürzte. Im Moment konnte ich gar nichts tun, da ich bei dieser Energie nur versuchte mich an ihm festzuklammern. Es gab einen gewaltigen Ruck und Rasmus versetzte Noyan mit seinen Flügeln einen mächtigen Schlag, sodass dieser überrumpelt und von Dragsia weggeschubst wurde. Ich deutete Rasmus an, mich unten bei Dragsia abzusetzen. Er tat wie geheißen, um gleich wieder Stellung gegen Noyan zu beziehen und seine Mutter zu verteidigen. Schnell rannte ich zu Dragsia hinüber und sah die vielen großen Wunden, die er ihr beigebracht hatte. Ihre Augen waren bereits geschlossen.
„Dragsia, Dragsia“, ich schrie aus vollem Hals und vor Angst, sie könnte schon aufgegeben haben. Ich streichelte ihren Kopf und rief immer wieder ihren Namen. „Bitte nicht, nicht, wach wieder auf. Komm, mache deine Augen auf, Rasmus ist hier. Bitte, Dragsia, du darfst nicht sterben. Nicht jetzt, nicht hier. Hörst du, Dragsia, wir sind alle hier, wir werden euch helfen. Komm, bitte, ich flehe dich an, mach deine Augen auf.“ Ich schrie und sah durch meine Tränen nur noch verschwommen.Zu tief schmerzte es, Dragsia so liegen zu sehen. Meine Tränen benetzten Dragsias Gesicht und ich hörte nicht auf zu flehen und zu betteln, sie möge doch ein Lebenszeichen von sich geben. Mein Tattoo am Arm fing an zu glühen und zu leuchten. Ich nahm mein Pentagramm aus der

Tasche und legte den Stein genau zwischen ihre Augen. Nach einigen Sekunden vernahm ich ein tiefes Seufzen und ein ganz klein wenig öffneten sich ihre Augen.
„Dragsia, liebe Dragsia, bitte komm zu dir, wir sind da, dein Sohn ist da, Rasmus. Bitte gib nicht auf." Und ich weinte bitterlich weiter, während Rasmus seine ganze Wut an Noyan abließ.
„Chaido, Mädel, wir sind jetzt hier. Kümmere dich um Dragsia, wir werden den anderen zu Leibe rücken", vernahm ich eine mir bekannte Stimme. Pakka und Barki waren schnell zu Fuß weitergelaufen und nun auch in der Höhle angekommen.

Froh sie zu sehen und zu wissen, dass Rasmus jetzt nicht mehr alleine kämpfen musste, kümmerte ich mich jetzt ausschließlich um Dragsia. Irgendwann versiegten auch meine Tränen. Ich hatte immer meine kleinen Beutel mit Kräutern bei mir und nahm geschwind einige aus ihnen heraus, vermengte sie zu einem Brei und schmierte diese auf Dragsias Wunden. Sie war wirklich schwer verletzt worden. Meinen rubinroten Stein ließ ich zwischen ihren Augen liegen. Dann widmete ich mich ihrem Herzen, welches nur noch sehr schwach und unregelmäßig schlug. Ich legte meine Hände auf ihr großes und liebevolles Herz und fing an zu beten. Trotz der Schreie und wilden Kämpfe um mich herum konnte ich mich voll darauf konzentrieren. Meine Hände begannen sehr heiß zu werden. Innerlich sah ich einen kleinen Feuerball unter meinen Händen glühen. Ich spürte, wie sich dieser bewegte und von ihr hinüber in meine Hände glitt. Dann spürte ich ihn in mir und versuchte ihn zu vergrößern, anzureichern und schickte ihn zurück in ihr Herz. Dort angekommen, spürte ich einen heftigen Herzschlag, bis der Feuerball wieder in meine Hände zurückkam. Erneut reicherte ich ihn mit meiner Energie an und schickte ihn wieder in ihr Herz zurück. Dies wiederholte sich einige Male, bis der Feuerball größer wurde und an Kraft zunahm. Ich fing an zu summen, einfach so aus mir heraus. Dies schien sie zu beruhigen und es war, als ob ihr Herzschlag ganz langsam wieder stärker und regelmäßiger wurde. Ich schien mit Dragsia zusammen zu schweben und hatte eine geschlossene Energiekugel um uns aufgebaut. Die Feuerkugel ging regelmäßig hin und her. Nach einiger Zeit wurden meine Hände ganz langsam wieder kühler und ich spürte den Boden unter mir. Wie von Weitem nahm ich jetzt auch wieder die Stimmen der anderen wahr, konnte aber nichts davon verstehen. Ich erhob mich und sah gerade rechtzeitig, dass sich ihre großen Augen sachte öffneten. Sie schaute mich an. Sie lebt, hämmerte es in meinem Kopf.

„Chaido, mein Kind“, kam es schwach aus ihr heraus.

„Pst, Dragsia, du musst dich schonen, du wirst es schaffen, glaube mir.“ Dabei schlug mein Herz hoch bis zum Hals und ich küsste sie auf die Stirn. Ich stand auf und schrie so laut ich konnte, damit es alle hören konnten:

„Die Königin lebt!“

Erst jetzt sah ich, dass Barki, Rasmus und Pakka gegen Noyan kämpften, der sichtlich geschwächt beim Fliegen taumelte und bereits einige Pfeile in sich trug. Dann stürzte er zu Boden und verwandelte sich vom Drachen in den menschlichen Noyan zurück. Sein Zauber war gebrochen. Rasmus kam zu mir hinübergeflogen und sah ängstlich zu seiner Mutter hin.

„Sie lebt, Rasmus, sie wird es schaffen“, sagte ich schon wieder sehr weinerlich zu ihm, gerührt über seinen Anblick.

Sein Flügel berührte zärtlich ihre Stirn und von dem einst so kleinen Drachen war nichts mehr zu erkennen.

„Chaido, kannst du bei meiner Mutter bleiben? Da drüben kämpft mein Vater, ich will auch ihm zur Seite stehen!“, fragte er.

„Aber natürlich, Rasmus!“, sagte ich und strich über seinen Rücken zur Stärkung.
Während nun Pakka und Barki über Noyan wachten, flog Rasmus zu den anderen kämpfenden Drachen. Noriax hatte dem König Astragon schwer zugesetzt. Heftige Feuerstöße wechselten hin und her. Für eine Begrüßung war keine Zeit. Rasmus flog zu seinem Vater hoch, dem dunkelblauen König der Drachen, und positionierte sich neben ihm. Noriax hatte nicht damit gerechnet ihn hier zu sehen, sah Rasmus aber nicht als wirkliche Bedrohung an. Seite an Seite kämpften Vater und Sohn nun gegen Noriax, bis Noriax einen harten Treffer bei Astragon setzte und dieser zu taumeln anfing. Für kurze Zeit führte er darüber einen Freudentanz auf. Beim nächsten Angriff flog Rasmus zwischen sie und erhielt nun selber einen fürchterlichen Treffer, der seinen Flug durcheinanderbrachte. Schmerzensschauer jagten durch seinen Körper durch. Das fiese Grinsen von Noriax vor Augen, wurde Rasmus wütend wie noch nie und in diesem Moment fing sein Bernsteinamulett an zu glühen. Er spürte, wie sich ein gewaltiger Strahl aus seinem Körper löste und in Sekundenschnelle nach draußen gelangte. Darauf folgte ein mächtiger Schrei von ihm. Erschrocken starrten wir alle nach oben. Rasmus hatte zum ersten Mal seine Kraft des Feuers benutzt und Noriax getroffen. Dieser Schlag traf ihn unvorbereitet und er verlor ein wenig seine Kontrolle. Was dann folgte, würde man sicherlich noch lange im Königreich der Drachen erzählen. König Astragon und sein Sohn Rasmus flogen Flügel an Flügel auf Noriax zu und überraschten ihn mit einem gewaltigen Doppelschlag von heftigsten Feuerstößen. Feuerschlag auf Feuerschlag traf Noriax, der in der Luft hin und her taumelte und nicht mehr in der Lage war, Gegenwehr zu bieten. Endlich stürzte er zu Boden. Astragon und Rasmus

vergewisserten sich, dass Noriax geschlagen war. Noriax rührte sich nicht mehr von der Stelle. Astragon drehte sich zu Rasmus um und wollte gerade seinen Sohn in seine Flügel nehmen, da stieß Noriax einen gewaltigen Feuerstrahl gegen Astragon aus. Rasmus sah den Strahl kommen und schubste seinen Vater mit aller Kraft beiseite. Der Strahl traf nun Rasmus, aber genau auf sein Amulett aus Bernstein, welches die Feuerbrunst aufsog und glühte. Der jetzige Rückschlag von Rasmus auf Noriax war so gewaltig, dass Noriax' Kopf nach hinten wegkippte und er seinen letzten Atemzug machte. Wir alle hatten gesehen, wie das aufgeladene Amulett seine Kraft verdreifacht und welche Macht es dem Besitzer übertragen hatte. In diesem Moment verwandelte sich der eisblaue Drache Rasmus in einen dunkelblauen. Der stolze Astragon konnte endlich seinen Sohn in die Flügel nehmen, dann flogen beide gemeinsam zu Dragsia und mir hinüber. Ich ging zur Seite und überließ den dreien die Liebesflut zueinander. Erneut liefen mir die Tränen ... Langsam bewegte ich mich zu Pakka hinüber und schaute zum ersten Mal auch bewusst zu meinem Zwillingsbruder Noyan hin.
„Keine Angst, Chaido, er schwächelt ein wenig, aber er wird nicht sterben", rief mir Barki zu.
Ich wusste nicht meine Gefühle einzuordnen. Die eine Seite in mir war voller Wut auf ihn, weil er Dragsia fast getötet hatte. Die andere Seite in mir sah meinen Zwillingsbruder! Ich spürte, wie es mich in zwei Teile zerriss. Aber hatte er denn je eine Chance gehabt gut zu sein, da er doch bei Rubeus und Noriax aufgewachsen war? Ich nahm Kräuter aus meiner Tasche und versorgte auch seine Wunden, sprach aber kein Wort mit ihm. Er bekam gleichfalls keinen Ton hervor. Ich gab Pakka und Barki ein Zeichen, weiterhin auf Noyan zu achten. Ich vermisste in dem ganzen Trubel Fosco und Urban. Wo waren sie nur? Bei

den Gedanken an sie vernahm ich auch schon Urbans fernen Ruf. Fosco schien verletzt zu sein, Urban stützte ihn beim Laufen. Ich lief ihnen entgegen.

„Was ist los, Fosco? Wo wart ihr, Urban?“, erschrocken über ihr Aussehen, machte ich mir Sorgen.

„Wie geht es allen?“, fragten die beiden fast wie im Chor zurück.

„Dragsia ist schwer verletzt und auch alle anderen haben einige Blessuren abbekommen, aber sie haben über Noriax und Noyan gesiegt. Wo kommt ihr denn her?“ Da wir uns ja beim Hinflug aus den Augen verloren hatten, wusste ich nicht, was passiert war.

„Unsere Drachen gingen im Sturzflug nieder und der Drache, auf dem Barki und Pakka saßen, flog sofort voller Panik davon. Unserer aber benahm sich plötzlich merkwürdig. Er setzte uns ab, bekam mit, dass es um die königliche Familie sehr schlecht stand und fing plötzlich an uns zu attackieren. Er wechselte einfach mal so die Seite und dachte sich, da jetzt Noriax herrschte, wollte er gleich einen guten Eindruck hinterlassen und fing bei uns damit an. Uns blieb nichts weiter übrig, als mit ihm zu kämpfen“, erzählte Urban.

„Ja und dabei war er gar nicht mal so schlecht!“, brachte Fosco sich jetzt ein.

„Stimmt, wir hatten ganz schön zu tun, diesen Burschen von euch fern zu halten. Aber unser gemeinsames Training hat sich bewährt, wir waren gut aufeinander abgestimmt“, erzählte Urban weiter.

„Genau, bis er mich dann doch erwischte und ich in die Gegend flog und mir dabei wahrscheinlich mein Bein brach. Aber Urban konnte ihn letztendlich mit einem gezielten Pfeilschuss so stark am Hals verletzten, dass er von uns abließ

und mit letzter Kraft davonflog“, erzählte Fosco die Geschichte zu Ende.
Ich ging auf Foscos Seite und bot ihm meine Schulter zum Stützen an. Gemeinsam liefen wir hinüber zu den anderen.

Ich bat Barki, die vielen Verletzungen der anderen mit mir zu versorgen zu helfen. Barki hatte in der Zeit unseres Zusammenseins viel über Kräuter und Heilmethoden mit ihnen gelernt und konnte sich nun gut damit einbringen. Fosco hatte tatsächlich sein Bein gebrochen, diesmal das andere. Bevor wir sein Bein schienten, gaben wir Kräuterbrei darauf, danach wurde es ruhiggestellt. Fürs Erste würde das ausreichen, später, daheim, würde ich es einsalben. Die meisten von uns hatten Prellungen und Abschürfungen erlitten, ab und zu auch einen schon tiefer gehenden Kratzer, der von den Krallen herrührte. Aber niemand jammerte. Ich versorgte die Drachenfamilie. Dragsia ging es etwas besser, sie konnte aber nicht zu unserer Heilung beitragen, da sie viel zu geschwächt war und ich wusste es gar nicht, dass ihre einmalige Art des Heilens ihre Flügel um den Verletzten zu legen, grundsätzlich nur von Drachenkönigin zu Drachenkönigin übertragen werden konnte. Daher hatte sie damals die Macht gehabt, uns nach dem Kampf so schnell gesunden zu lassen. Astragon musste fast gezwungen werden, sich behandeln zu lassen. Er hatte ein stolzes Kämpferherz. Rasmus war weit über sich hinaus gewachsen, er war kein kleiner eisblauer Drache mehr, er war jetzt Rasmus mit der tiefblauen Farbe seines Vaters.

Erschöpft, aber glücklich blieben wir noch einige Tage im Drachenreich. Barki flog mit Rasmus umher und erkundete dessen Reich. Neugierig wie Barki war, durfte Rasmus nicht einmal den entferntesten Winkel auslassen. Die Nachricht vom Tod Noriax sprach sich schnell im Reich herum und jeder atmete über diese Nachricht auf. Egal wo Rasmus mit Barki

hinkam, wurden sie herzlichst eingeladen und gebeten mitzuessen. Jeder wollte den genauen Kampfablauf von Rasmus hören und darüber staunen, dass ein Drache von ihnen in einer anderen Dimension geboren und aufgewachsen war. Barki fühlte sich dabei sichtlich wohl und genoss es. Pakka und Urban hingegen erzählten viele Geschichten zusammen mit König Astragon und fragten ihn über die Bebauung der Höhlen aus. Über Noyan wurde Gericht gehalten. Normalerweise wäre ihm der Tod sicher gewesen. Aber als wir die Umstände erzählten, in denen er groß geworden war und dass er sein Leben lang nur das Böse kennengelernt hatte, wurde das Königspaar sehr nachdenklich. Ich glaube, es machte viel aus, dass er mein Zwillingsbruder war. Es wurde beschlossen, dass er, solange er sich im Drachenreich befände, eingesperrt bleiben und dass er mit uns in unsere Dimension zurückgenommen werden müsse. Das war sehr fair vom Königspaar, da er doch Dragsia fast getötet hatte. Noch immer konnte ich ihn nur ansehen, aber nicht wirklich mit ihm reden, denn ich war ihm gegenüber wie zwiegespalten. Einmal am Tag durfte ich zu ihm und seine Wunden versorgen. Es bestanden ein eigenartiges Gefühl und Energie zwischen uns. Noyan war sehr ruhig und in sich gekehrt. Letztendlich hatte er Rubeus und Noriax verloren und mit ihnen all seine früheren Pläne. Er musste erst zu sich selbst finden und ich konnte das gut verstehen. Also sprachen wir nicht miteinander, nur ab und zu erhaschte ich kurz seinen Blick, den er mir zuwarf.
Dragsia ging es von Tag zu Tag besser. Fosco und ich verbrachten viel Zeit gemeinsam bei ihr. Schließlich konnte er sowieso kaum umherlaufen. Er beobachtete, wie ich die Heilsitzungen bei ihr ausführte und ging mir dabei zur Hand. Irgendwann saß er einfach mit dabei und gab seine Energie zusätzlich mit ins Ritual. Einmal trickste uns Dragsia dabei aus.

Sie bemerkte natürlich, wie sehr wir uns mochten und meinte, wenn wir beide ganz dicht zusammen sitzen würden, dann täte es ihr noch viel besser. Wir taten es und bemerkten erst nach einiger Zeit, was Dragsia da mit uns machte.
Die Zeit verflog und es ging bergauf im Drachenreich. Es gab ja auch viel zu tun und so kam für uns die Zeit der Heimkehr. Die Öffnung des Portals stand kurz bevor. Das Aufwiedersehensagen fiel uns allen sehr schwer. Rasmus wollte noch einige Zeit bei seinen Eltern verbringen und gab uns sein Bernsteinamulett, damit wir Noyan mit zurücknehmen konnten. Ich versprach ihm, dass er bald sein Pentagramm zurückhaben würde. Rasmus' Familie flog uns zurück zum Platz, an dem wir gelandet waren. Noyan kam nun mit uns und sollte den Platz von Rasmus einnehmen. Ich erklärte ihm nur kurz, was er zu tun hätte. Er nickte und war still. Ihm war klar, dass das Königspaar ein großes Herz hatte. Ich tauschte die Amuletts, gab ihm meines und nahm Rasmus' Amulett und den Kristallschädel, denn dieser war bei mir sicherlich besser aufgehoben. Die Rückreise in unsere Dimension klappte ohne große Probleme. Sichtlich erleichtert kamen wir nicht in der Höhle, sondern vor ihrem Eingang an. Damit war sichergestellt, dass Noyan nicht das ganze Geheimnis erfuhr.
„Hier hast du deinen Stein zurück", mit diesen Worten legte mir Noyan sofort das Pentagramm in die Hand. Wir wussten beide nicht so recht, was wir sagen sollten. „Was geschieht jetzt hier mit mir?", fragte mich Noyan weiter.
Ruhig blickte ich ihm in die Augen. „Nichts, Noyan, nichts wird hier passieren. Du bist frei und kannst gehen, wohin es dich zieht. Alles andere, denke ich, ist dir bewusst."
Tief atmete er durch, schaute uns alle an und wusste nicht recht, in welche Richtung er gehen sollte. Aber keiner von uns

konnte ihm diese Entscheidung abnehmen. Er musste alleine überlegen, was er weiter wollte. Niemand konnte ihm hier die Hand reichen und ihn führen.
„Okay … na dann“, kam es unsicher aus ihm heraus. Er drehte sich um und verließ uns.
Wir standen alle da und schauten ihm nach. Jeder fragte sich, was er jetzt wohl machen würde. Barki und Fosco legten ihren Arm um mich. Es fiel mir jetzt doch schwerer ihn ziehen zu lassen, als es mir vorher bewusst gewesen war.
„Ja, auch unsere Wege trennen sich jetzt hier“, sprach Urban in die Runde, „es gibt viel zu tun daheim.“ Er suchte den Blickkontakt zu Fosco, damit auch er sich verabschiedete.
„Danke, Freunde, dass ihr neben uns gestanden und mit uns gekämpft habt!“, sagte Pakka. „Ich denke, wir sollten das alles hier zum Anlass nehmen und ein großes Fest planen. Zur nächsten Sommersonnenwende ist es noch zu lang hin, aber durchbrechen wir doch die Tradition und laden alle zur Wintersonnenwende ein. Wie wär es? Es gibt auch mit den anderen viel zu bereden!“
„Oh ja, alter Knabe, das sollten wir tun. Ich werde also in einem Monat mit Fosco bei euch sein und wir bereden dann alles gemeinsam. Bis dahin lassen wir seinem Bein noch etwas Ruhe.“ Urban lachte jetzt zu Fosco hinüber und ihm war klar, dass Fosco dieser Zeitraum sicherlich zu lang war. Fosco schwieg, denn eigentlich, so dachte er, hatte Urban ja recht.
Urban riss seine Arme weit auseinander: „Kommt her in meine Arme, ihr seid mir alle so lieb geworden.“ Der Einladung folgten wir gerne.
„Macht’s gut, Chaido, wir sehen uns sicherlich bald“, flüsterte mir Fosco ins Ohr. Er tat es immer noch heimlich. Auch wenn die anderen schon grinsten über uns, benahmen wir uns doch sehr zurückhaltend.

Es war bereits schon tiefster Winter und das Wintersonnenwendefest stand kurz bevor. Aufgeregt wie ich war, überlegte ich schon wieder, was ich anziehen könnte. Irgendwie wollte ich schöner sein als all die Jahre zuvor und doch war mir traurig ums Herz.

„Ja, so ein Faun hat es da wesentlich einfacher, was?“, fragte mich Barki spitzbübisch und unterbrach mich in meinen Gedankengängen.

die ältere Chaido

„Was meinst du gerade?“, fragte ich ihn.

„Na hallo, Chaido, natürlich geht es wieder darum, was du anziehen sollst, oder nicht?“

Ich wurde verlegen und kam mir erwischt vor.

„Was ist wirklich los, Chaido? Warum war Fosco nur so selten und wenn, so kurz hier?“

Manchmal war Barki sehr direkt in seiner Frage, aber recht hatte er. Warum ließ Fosco sich nur so selten hier sehen und schob immer vor, keine Zeit zu haben und dass ich nicht zu ihm kommen bräuchte, weil er nicht da sei und er erzählte auch nicht, wo er sei. Es war verwirrend, aber vielleicht hatte ich auch nur insgeheim zu viel erwartet und gehofft. Bei diesem Gedanken verlor ich sogar die Lust auf das Fest.

„Barki, verwirre Chaido doch nicht noch mehr!“, ermahnte Pakka ihn.

„Schon gut, Pakka, ich habe ja auch keine Antwort darauf.“

Ich würde wohl das Gleiche anziehen wie immer. So ganz wollte ich mir das Fest auch nicht verderben.
„Es ist nur eigenartig, Barki, das mir jedes Mal vor solch einem Fest so komisch ist."
„Na, kein Wunder, wenn man bedenkt, was dir schon alles dabei passiert ist. Aber Rubeus ist nicht mehr und Noriax auch nicht und du wirst sehen, es wird einfach nur wundervoll sein. Wir werden schön essen, tanzen, feiern und singen. Wir werden ein neues Oberhaupt wählen und uns vergnügen."
Und schon stampfte Barki mit seinen Füßen auf den Boden, sodass ich mir ein Lachen nicht verkneifen konnte.
„Richtig so, lache nur, Chaido, es ist so wunderbar, wenn du lachst."
Barki nahm meine Hände und drehte sich mit mir übermütig im Kreis, sodass es mir schwindelig wurde.
In diesem Moment pochte es gewaltig an der Tür. Erschrocken schauten wir uns an. Pakka öffnete die Tür und da stand Rasmus vor dem Eingang. Der Schnee muss wohl von den Bäumen gerutscht sein, denn er sah ziemlich weiß aus. Freudig rannten wir ihm entgegen und umarmten ihn.
„Sag mal, passt du noch durch die Tür?", grübelte Barki laut.
„Ja, das wird wohl knapp werden", sprach Pakka und nahm bei Rasmus Augenmaß.
Und so war es auch. Wir drückten und schoben alle etwas nach.
„Beim nächsten Besuch benötigst du einen extra Eingang, Rasmus!", lachte Barki laut.
„Wie geht es deiner Familie, Rasmus?", neugierig schauten wir ihn an.
Rasmus hatte viel zu erzählen und es tat mir sichtlich wohl, ihn wieder in meiner Nähe zu haben.

„Übrigens, Chaido, ich soll dir das von meiner Mutter geben.“ Rasmus überreichte mir ein kleines Kästchen.
Erstaunt nahm ich es an mich und öffnete es neugierig. Es schaute ein kleiner hellblauer Zipfel Stoff heraus. Ich zog an ihm und es kam eines der wundervollsten Kleider zum Vorschein. Ich hüpfte ganz außer mir vor Freude.
„Das ist ja traumhaft, Rasmus, vielen lieben Dank!“
„Ja Dragsia meinte, dass dir so ein eisblaues Kleid mit deinen hellen Haaren ganz besonders gut stehen würde.“
Und wie recht sie hatte. Rasmus lenkte mich von all meinen trüben Gedanken ab und es kam sogar etwas Freude auf das Fest auf.
„Übrigens, Rasmus“, sprach ich zu ihm, „du kommst doch sicherlich auch mit, hier habe ich noch dein Bernsteinamulett.“
Noch bis weit in die Nacht erzählten wir uns viele Dinge und da uns Rasmus zum Fest hinfliegen wollte, brauchten wir nicht viel Zeit vorher einplanen. Rasmus war nun schon so groß, dass er zwei von uns mitnehmen konnte. So flog er zuerst Pakka und Barki hinüber.
Als er mich holte, fragte auch er nach Fosco, aber was sollte ich ihm antworten? Ich zuckte mit den Schultern und schaute traurig nach unten. Er fragte nicht weiter und gemeinsam flogen wir zum Fest.

„Anscheinend sind Pakka und Barki schon drin, wir sollten also beide auch hineingehen.“

Ich legte meinen rubinroten Stein an den Baum und sagte unseren neuen Spruch auf, denn nachdem das mit Rubeus bekannt geworden war, hatten wir unsere Sicherheitsmaßnahmen verändern müssen.

Eiche, meine Liebe, hart ist dein Stamm
Nimm tief auf in dir, mein Pentagramm
So öffne das Tor in die Anderswelt
Und lass mich rein ins magische Himmelszelt.

Mir war schon bange, Rasmus würde nicht hindurchpassen, aber die Zaubereiche konnte das magische Tor enorm weit öffnen, sodass auch er passieren konnte. Es hatte sich tatsächlich innen nichts verändert. Es liefen alle wie immer geschäftig hin und her. Nur ab und zu blieb jemand stehen und begrüßte den Neuankömmling Rasmus. Mein Blick suchte nach Urban und Fosco.
„Sag, Rasmus, siehst du ihn? Du hast doch sicherlich einen viel besseren Überblick“, fragte ich ihn.
Rasmus‘ Kopf drehte sich nach links und rechts.
„Nein, Chaido, ich kann ihn nicht entdecken, jedenfalls nicht Fosco. Urban steht da weit hinten bei Pakka.“ Rasmus bemerkte, dass ich wieder traurig wurde.
„Hey, Chaido, soll ich losfliegen und ihn draußen suchen?“
„Nein, nein. Ist lieb, aber er wird sicherlich seine Gründe haben hier nicht zu erscheinen.“
Auch wenn ich nicht so recht wusste, welche das wohl sein könnten. Ich schob jetzt meine Gedanken beiseite.
„Komm, Rasmus, das soll schließlich ein Fest werden und wir werden jetzt feiern gehen. Ich habe das schönste Kleid hier an und will es auch allen zeigen.“

Ich zwinkerte ihm zu und wir liefen zu Pakka hinüber. Mit Absicht fragte ich nicht nach Fosco und anscheinend vermied es auch Urban das Thema anzuschneiden. Beide entschuldigten sich schon kurz darauf, sie müssten noch was Wichtiges erledigen und so standen wir erneut alleine da. Da kam Barki auf uns mit einer umwerfenden guten Laune zugerannt. Er schnappte sich Rasmus und stellte ihn überall als seinen besten Freund vor. Ich schmunzelte in mich hinein und bewunderte seine Art sich so zu geben. Dahinter vermutete man wirklich nicht solch ein Riesenkämpferherz. Ich hingegen kam mir etwas verloren vor, bis die Elfen mir entgegenkamen und mich über mein Kleid ausfragten. Anscheinend stahl ich ihnen die Show. Schließlich sollten wir uns alle in der Mitte treffen, denn ein neuer Rat müsse dringend gewählt werden. Es wurde getuschelt, wer wohl den Vorsitz bekommen würde. Dann wurde um Ruhe gebeten. Urban trat nach vorne und hielt eine für mich viel zu

Rasmus, nach seiner Verwandlung

lange Rede. Sicher, einige wussten noch nicht alles über die Machenschaften von Rubeus und es war nur richtig, dass auch sie alles erfuhren. Es wurden die Sicherheiten bemängelt, viele Fragen gestellt und letztendlich war jeder froh, dass alles noch so gut abgelaufen war. Dann holte Urban einen großen und einzigartigen Zauberstab hervor und rief Pakka zu sich in die Mitte. Rasmus und ich schauten uns erstaunt an. Aber tatsächlich Pakka war derjenige, der zum großen Oberhaupt gewählt worden war. Ich freute mich sehr für ihn und es sah schon etwas witzig aus, als der doch etwas kleine rundliche Mann diesen mächtigen Stab überreicht bekam. Ich fand diese Entscheidung gut, denn Pakka hatte ein großes Herz, war mutig und tapfer, scheute nicht ins Ungewisse zu ziehen und war reich an Erfahrungen und vor allem auch an altem Wissen. In seiner ersten Amtshandlung stellte er allen gleich Rasmus vor und dass die Drachen jetzt zu uns gehören würden. Barki applaudierte als Erster und die anderen fielen bald in den Beifall mit ein. Etwas scheu kam Pakka zu mir zurück. Ich dachte an Fosco und dass er doch auch neu hier sein müsste und wo er denn bliebe. Aber Pakka stellte ihn nicht vor. Wusste er, dass er nicht gekommen war? Danach gab es reichlich gutes Essen und vor allem auch herrliche Getränke. Es war eine lustige Gesellschaft und ich versuchte mich dem zu fügen, dennoch schweiften meine Gedanken ständig woanders hin. Als schließlich die Musik einsetzte, kam Barki auf mich zugerannt und konnte es nicht abwarten, mit mir im Takt zu stampfen. Er brachte mich immer wieder zum Lachen und ich ließ mich voll auf ihn ein. Er drehte mich im Kreis, stampfte mit den Füßen und genoss sichtlich das Leben und die Elfen, die immer wieder um ihn kreisten. Plötzlich wurde mir schwarz vor Augen, jemand hatte in Windeseile ein Tuch um meine Augen gebunden und mir den Mund zugehalten. Ich versuchte

mich zu währen, aber konnte den harten Griffen nicht entkommen. Panik kam hoch, denn ich wollte nicht schon wieder Opfer einer Entführung werden. Ich wurde über die Schulter von irgendjemand geworfen und einfach weggetragen. Warum tat denn bloß niemand etwas? Barki, Rasmus, ihr müsstet das doch mitbekommen, wo seid ihr, hämmerte es in meinem Kopf. Plötzlich erhob sich etwas unter mir. Wir mussten davonfliegen. Was passierte hier? Noch immer konnte ich weder etwas sehen noch sagen. Mich jetzt zur Wehr zu setzen versuchte ich nicht, denn wahrscheinlich würde ich tief fallen. Mein Herz pochte mir bis zum Hals, was war bloß los? Der Flug dauerte einige lange Minuten. Endlich landeten wir und ich konnte wieder besser atmen und sogar sprechen.
„Hey, wer ist da? Was bitte soll das? Was soll ich hier? Raaasmuuus ...“, schrie ich hinaus in die Nacht. Dann wurde mir die Augenbinde abgenommen und Fosco stand vor mir mit einem breiten Grinsen im Gesicht.
„Fosco? Warum? Weshalb entführst du mich?“, fragte ich ungläubig und ziemlich wütend.
Hinter mir kamen ganz langsam und leise Rasmus und Barki vor.
„Du, Rasmus? Du auch, Barki? Ihr habt hierbei auch mitgemacht? Habt ihr eigentlich eine Ahnung, was für Angst ich hatte?“
Fosco trat vor mich hin. Ich war richtig sauer und das zeigte ich ihm deutlich. Er aber lächelte nur und legte seinen Finger auf meinem Mund und deutete an, dass ich still sein sollte.
„Fosco, ich kann nicht still sein, wo warst du die ganze Zeit? Warum bist du nicht auf dem Fest?“ Durch meine innerliche Wut stieß ich ihn etwas von mir weg.

Barki fing an zu grinsen und tat so, als ob er mein Getue nicht mit ansehen wollte.
„Ich sagte es dir doch, Fosco, sie wird nicht begeistert sein. Bei so was vergisst sie jegliche Manieren!“
Rasmus war sich einen Augenblick lang nicht mehr so sicher, ob er das Richtige getan hatte und ging lieber ein ganzes Stück zur Seite.
„Chaido, pst!“ Fosco legte erneut seinen Finger auf meinen Mund.
„Na gut“, sagte ich, „du bekommst deine Chance dich zu erklären, aber sei gewiss, sollte die Erklärung nicht wirklich gut sein, jage ich dich, jetzt bei Nacht, durch den ganzen Wald!“
„Schaue doch mal hinter mich, Chaido!“, kam es aus Fosco raus und er machte die Sicht frei, damit ich hinter ihn blicken konnte.
„Ja, ein Hütte sehe ich, deshalb müsst ihr mich aber nicht hierher entführen“, kam es knurrig aus mir heraus.
Fosco nahm einfach meine Hand und ging mit mir zur Hütte, Rasmus und Barki folgten. Vor der Eingangstür verdeckte er mit seiner Hand erneut meine Augen und so führte er mich über die Schwelle hinein. Dann nahm er die Hand wieder weg.
„Wow!“, staunte ich. „Es ist wundervoll hier und erinnert mich fast ein wenig an die Hütte, in der ich mit Janna gewohnt hatte.“
Die Küche und die vielen Regale luden ein, viele Schätze zu postieren. Zur rechten Seite hin wurde die Decke immer höher und höher und ich sah viel Stroh dort liegen.
„Wohnen hier ein Riese und sein Zwerg?“, rutschte es aus mir heraus und ich fand den Gedanken schon etwas lustig. Aber Fosco schaute mich entsetzt an und schüttelte den Kopf.

„Ich glaube, Fosco, du musst es ihr nun endlich sagen, sonst gibt es morgen erneute Schauermärchen überall zu hören.“ Barki hielt sich den Bauch vor Lachen.
„Chaido, dies ist meine Hütte. Ich habe sie in den letzten Wochen gebaut, deshalb hatte ich auch kaum Zeit für dich, denn es sollte eine Überraschung werden. Ich möchte dich fragen, ob du hier mit mir zusammen wohnen möchtest.“ Fosco kam bei diesen Worten fast ins Stottern, aber seine Augen nahmen nicht den Blick von meinen weg.
Seine Worte berührten mein Herz ganz tief.
„Ich dachte schon, du meidest mich mit Absicht, aber dass du das hier gebaut hast, für uns ... , und weiter kam ich nicht, denn meine Wut verwandelte sich in Fassungslosigkeit und Tränen rollten an meinem Gesicht herunter. Ich fiel Fosco um den Hals und schluchzte hemmungslos.
„O oh, nun hast du sie auch noch zum Weinen gebracht“, stänkerte Barki ein wenig herum, um seine Unsicherheit zu verbergen.
„Weißt du, Fosco“, fing ich an, „ich würde ja liebend gerne, aber zu mir gehört auch Rasmus.“
„Nein Chaido, pst, keine Ausrede. Für Rasmus ist gesorgt, die Hütte wächst quasi mit ihm mit und hier, wo die Decke hoch ist, kann er jederzeit bei uns Unterschlupf finden und er hat sogar seinen eigenen Eingang hier.“ Fosco nahm meine Hand und zeigte mir den hinteren Teil der Hütte.
Ich staunte wirklich, denn von außen hatte ich die vielen Dinge gar nicht gesehen. Der Eingang war gut getarnt angelegt.

Impulsiv drehte ich mich um und unsere Gesichter kamen sich dabei ganz nah. Ich drehte mich nicht weiter und es war mir, als ob die Zeit plötzlich in Zeitlupe vorwärtslief. Unsere Augen trafen sich mit voller Sehnsucht und ganz sacht näherten sich seine Lippen den meinen und wir küssten uns erst sehr sanft und dann innig, dass es Barki und Rasmus schon peinlich wurde und sie die Hütte verließen. Es war wundervoll, dieses Gefühl des Wegrennens und Hierbleibens zusammen zu spüren. Als ob unsere Körper vor lauter Aufregung alles innerlich pulsieren ließen. Als sich unsere Lippen trennten, umarmten wir uns lange und es war wunderbar und herrlich, endlich daheim angekommen zu sein.

MEIN PFAD ZUR HEILUNG

Haideé Zindler

ISBN 978-3-00-030566-5

€ 12, 90

A5 226 Seiten

In dieser Autobiografie geht es um eine junge Frau, die bisher ständig mit Krankheiten und Schmerzen gelebt hat. Durch die „normalen" ärztlichen Behandlungen erfährt sie keine Heilung. So geht sie einen völlig neuen Weg und sucht Heilung bei einem Schamanen. Dort erlebt sie Außergewöhnliches. Es wird schnell klar, dass sie selbst Fähigkeiten besitzt, die nicht jedem gegeben sind. Mithilfe des Schamanen öffnet sie sich für eine Welt, in der Hören, Sehen und Fühlen eine andere Bedeutung bekommen. Sie schöpft Kraft und Mut und beginnt sich ein neues Leben aufzubauen. Mitten in diesem Prozess aber erkrankt die 36-Jährige an Brustkrebs. Die Diagnose ist fatal und niemand gibt ihr noch eine Chance zu überleben. Nach einigen medizinischen Behandlungen wie Operationen und Chemotherapien fühlt sie sich dem Tod bereits sehr nahe. Mit letzter Kraft bricht sie die mit vielen Nebenwirkungen behaftete Therapie ab und versucht die Chance zum Leben zu nutzen, die die Ärzte ihr nicht gaben. Sie wendet ihre besonderen Fähigkeiten an, um mit dem Schamanen wieder in Kontakt zu kommen und findet Hilfe der ganz anderen Art. Am Schluss ist sie überrascht, wie viel Kraft ein Mensch doch aufzubringen vermag, wie viel Mut in ihr steckte und dass sie sich nie besser kannte als am Ende dieses langen steinigen Weges.

Sie möchte Menschen Mut machen, ihren eigenen Weg zu finden. Sich kennenzulernen, sich zu lieben, die Liebe zuzulassen, sie zu spüren und zu fühlen. Niemand kann ihren Weg genauso nachgehen. Aber der Leser kann verstehen, dass es immer eine Hoffnung gibt, immer Kraft zum Weitermachen, und dass die Liebe unser stärkstes Heilmittel ist.

HEILKRÄFTIGER TEE AUS DEM REICH DER URPFLANZENWELT

Haideé Zindler

ISBN: 978-3-00-038001-3

€ 18,90

A4 276 Seiten

Dieses Buch ist die dritte und erweiterte Auflage des Buches:
„Schatzkiste Tee – Medizin aus der Natur".

In diesem Buch brechen Sie auf zu einer Entdeckungsreise durch die Pflanzenwelt unserer Erde, zu Bäumen und Sträuchern, Unkräutern und Blumen, und finden einen Schatz von 532 verschiedenen Pflanzen. Die Natur stellt sie uns seit Jahrtausenden zur Verfügung. Pflanzen, die es vielleicht bald nicht mehr geben wird, weil die Regenwälder und andere Ökosysteme immer mehr zerstört werden. Aber Sie werden auch europäische und deutsche Pflanzen entdecken, die Sie selbst sammeln und trocknen und als Tee zu sich nehmen können. Es gibt sie, die natürlichen Heilmittel. Sie sind für uns da, wir müssen uns nur um sie bemühen.

Tee ---zurück zur Natur --- heißt auch, sich bewusst natürlich zu helfen.

Weit über 100 Pflanzen sind neu für Sie dazugekommen. Es erwarten Sie über 1000 herrliche Pflanzenbilder, Fotos und Zeichnungen. Jeder Pflanze sind eine Zeichnung und ein Farbbild zugeordnet. Dazu kommt die Schnellsuche der Krankheitsbilder und der dazugehörigen zur Heilung behilflichen Pflanze.

WAS NICHT NUR KRÄUTERHEXEN WISSEN SOLLTEN

Haideé Zindler

ISBN: 978-3-00-041055-0

€ 24,90

A4 400 Seiten

War es vor Jahrhunderten noch das Privileg der Hexen, auch „Weise Frauen" genannt, das Wissen über die Pflanzen in sich zu tragen, so hat doch heute jeder die Möglichkeit diesen alten Wissensschatz aufzunehmen, ihn in sein Leben zu integrieren und Kenntnisse daraus für seine eigene Gesundheit herauszuziehen.
Dieses Buch ist ein wahrer Schatz an altem und neuem Wissen, welches Sie in der Zukunft auf Ihren Wegen begleiten wird. Es handelt sich hierbei um einen 400-seitigen Ratgeber.
Wie ein Rezeptbuch listet er weit über 1700 Rezepte mit über 300 Pflanzen auf.

Sie finden alles über ...
Liköre, Schnäpse, Weine, Tinkturen, Salben, Pasten, Umschläge, Wickel, Sirup, Säfte, Öle, Essig, Bäder, Inhalationen, Gurgellösungen, Gelees, Düfte, ätherische Öle... und vieles, vieles mehr.

Ausführliche Anleitungen, teilweise farbig illustriert, erleichtern das Selbstherstellen. Dazu gibt es wertvolle Tipps, auf welche Bereiche des Körpers und gegen welche Krankheiten die Pflanzen wirken.

In diesem Ratgeber finden Sie altes Hexenkräuterwissen, neu aufbereitet und umfassend zusammengestellt. Denn Heilkunde muss nicht Hexerei sein.